신비한 동양철학 · 18

사주학의 방정식

김용오 지음

■ 머리말

본 필자가 "사주학의 방정식"이라는 책을 펴내게 된 동기는 다음과 같이 정리될 수 있다.

첫 번째로 사주풀이의 응용과 한문 또는 어렵지도 않은 내용을 어렵게 작성해 놓은 것을 쉬운 방법으로 터득할 수 있게끔 하는데 목적이 있다. 두 번째로 역학의 내용이 어떤 것이며 어디에 무엇이 속하는 지를 알리고자 하는데 있다. 그리고 이런 사람들은 특히 역학을 공부하는 것이 좋으리라.

1. 스스로 영(靈)적인 기운을 느끼고, 자신의 사주 팔자를 보면 팔자가 드세다는 말을 들으며, 신병(神病)을 앓고 있는 사람.
2. 앞 일에 대한 궁금증, 즉 자신이 앞으로 어떤 인생관을 가지며 무슨 일을 하면서 세상을 살아가야 할지 궁금한 사람.
3. 인간 세상에 회의와 깊은 자책감으로 인생을 비관하는 사람.
4. 영업직이 평생인 사람.

5. 역학(易學)이라는 학문에 깊은 관심을 기울이는 사람.

이런 사람들은 필히 역학(易學)을 공부해서 자신감과 깊은 사색을 겸비하면 반드시 앞날에 대한 두려움이 사라질 것이다.

세인(世人)들은 이와 같은 공부를 하는 사람들을 남의 운명을 봐 주는 일개 점쟁이로 생각하곤 한다. 그러나 그 생각은 크게 잘못됐다.

이 책은 학문과 본인 마음의 수양을 증진시키며 나아가서 깊은 인간 관계를 돈독히 할 수 있는 기본적인 삶의 지침서이다. 너무 어려운 내용이라 생각하지 말고 한번 깊은 관심과 노력을 하다 보면 본인 자신에게 깊은 성찰(省察)의 시간을 가질 수 있다.

모쪼록 이 책을 기반으로 더욱더 심오한 역학을 이해하는데 도움이 되었으면 좋겠고, 독자 여러분 개개인 일생에 크나큰 도움이 되었으면 한다.

1996. 저자

▣ 역학(易學)을 통해 신(神)이 되는 길

인류는 수많은 시간의 흐름 속에서 인간 완성학을 추구해 왔다. 그러나 아직까지도 수많은 인간들이 삶의 목적을 모르고 방황하고 있다. 생명체로 구성되면서 인간은 번뇌와 고민, 갈등을 스스로 만들어가고 있음을 모르고 방황하는 것이다.

여러분!

여러분들은 인간의 최대 행복이 무엇이라고 생각하는가?

어떤이는 부와 명예, 건강과 가정의 행복을 요구할 것이다. 바로 이런 모든 것을 인간의 욕망이라고 한다. 그러나 또한 이 모든 것이 자기 의지대로 움직여 주지는 않는다는 사실을 나이가 들어서야 깨닫는다. 또한 인간의 운명이 정해져 있다는 사실도 자연스럽게 받아들이게 될지도 모른다.

이런 문제들에 대해 깊은 연구를 거듭한 결과 옛 성현들이 역학(易學)이라는 하나의 학문을 만들어냈다.

여러분들은 역학이라는 학문을 어떻게 보는가?

"역학? 그거 점(占)보는 거 아니야?", 혹은 "사주 팔자 뭐 그런 거 아니야."라는 추측도 가능하며 단순히 인간의 운명을 보기 위한 수단으로 여길 것이다. 물론 그런 내용으로 보는 것도 나쁘지 않다. 그러나 그보다 더 깊은 뜻이 담겨져 있다는 사실을 알고 있는 사람이 몇이나 될까?

지금 이 시대의 젊은이들은 이와 같은 공부에 전념하여 좀더 나은, 이상적인 진취성을 가져야 한다. 잠깐 필자의 얘기를 해보겠다.

필자는 무속(巫俗)인의 아들로 태어났다.

어려서부터 남들보다 예감능력이 뛰어났고 상대방에게 엉뚱한 소리를 하곤 했다. 나중에 알게 된 일이지만 그런 것들이 바로 '신(神)들림'이었다.

그 사실을 알게 된 후부터 필자는 스스로 자신을 이겨 보려고 무단히 노력을 했으나 항상 운명은 무엇인가로부터 가로막혀 있다는 것을 깨닫게 되었다. 아무리 많은 노력을 기한다고 해도 무엇인가의 힘으로부터 막무가내로 저지당하는 것이었다.

무당들에게 물어보라!

당신은 이와 같은 일들을 스스로 하고 싶어 하게 되었는지? 아마 그들의 대답은 한결같이 결코 하고 싶지 않았다고 말할 것이다.

그렇다면 역시 운명은 정해져 있다.

그러나 또한 분명한 것은 그 삶이 태어난 환경과 노력에 의해서도 조금이나마 운명이 달라질 수 있다는 사실이다.

필자가 말하고자 하는 내용은 이렇다.

이 어려운 공부를 필히 다른 사람들도 해야만 하는 이유는 좀더 자기 자신의 운명을 일찍 깨달아 앞으로 다가올 미래에 대해 대비책을 만들고 더 나아가서 정신과 육체를 굳건히 하자는 목적이다.

필자와 같은 운명을 가진 사람들은 어쩔 수 없이 이 길을 가야 하겠지만 그렇지 않은 사람들이 이와 같은 목적으로 역학을 공부한다면 자기 인생에 좋은 결과를 낳으리라고 필자는 장담한다.

그렇다면 올바른 역학을 배우기 위해서 어떻게 해야 되는지 다음의 설명을 귀담아 들어보자.

이 책 내용 중에 동양 오술학에 관한 내용이 있다.

역학에도 여러 가지 종류가 있는데, 그 종류 중에 한 가지를 선택하여 공부하고, 제일 중요한 것은 스승을 잘 만나는 것이다. 그 다음이 자기 자신의 노력이다.

필자가 이 책에 서술한 명리학은 가장 기본적인 역학의 내용이며 가장 필요로 하는 내용이다. 더욱 중요한 것은 지금껏 역학 교재들이 한문으로 작성되어 한자가 짧은 사람들은 공부하기 어려웠던 점을 감안하여 한글로 표기하였고, 좀더 공식화 하여 이해를 도왔다. 모쪼록 깊은 관심을 가지고 좀더 나은 후학들이 나와 앞으로 대중적인 역학을 만드는 것이 필자의 작은 바램이다.

** 참 고 서 적 **	
· 연해자평	· 명리정종
· 삼명통회	· 자평진전

▣ 동양 오술학(東洋 五術學)의 종류와 개념

1. 명(命)

1) 자미두수(紫薇斗數) : 자미두수(紫薇斗數)는 중국 여순양(呂純陽)이 창시하여 송대(宋代)의 진희이(陳希夷)이가 집대성 하고 명대(明代)의 나홍선(羅洪先)과 청대(淸代)의 청성도사(靑城道士) 등이 계속 발전시켰다.

내용 : 사람이 태어난 년, 월, 일, 시를 달(月)을 중심으로 한 음력(陰曆)으로 환산하여 130개나 되는 많은 성좌를 공식에 따라 명궁(命官), 형제자매궁(兄弟姉妹宮) 등 12개 궁(宮)이 배열하여 인간의 운명과 본질을 탐구하고 이해하는 것이다.

2) 사주학(四柱學) : 사주학(四柱學)은 명리학(命理學), 팔자학(八字學), 자평술(子平術) 이라는 명칭으로 사용되는 것으로 중국 당대(唐代) 이허중(李虛中)이 창시한 것을 송대(宋代)의 서자평

(徐子平)이 완전한 명리학(命理學) 형식으로 발전시켰다. 그리고 명대(明代)의 유백온(劉伯溫)과 만육오(萬育吾), 청대(淸代)의 임철초(任鐵樵) 등 많은 선현(先賢)들이 계속 발전시킴.

내용: 사람이 태어난 년, 월, 일, 시를 양력(陽曆)도 음력(陰曆)도 아닌 태양을 중심으로 한 24절기에 맞추어 도출된 8개 간지(干支)를 기본 자료로 하여 인간의 운명과 본질을 탐구하고 이해하는 학문.

3) 성평회해(星平會海):성평회해(星平會海)는 칠정사여(七征四餘) 또는 장과성종(張科星宗)이라는 명칭으로 사용되는 것으로 중국 원대(元代)의 야률초재(耶律楚材)가 창시한 것이다.

내용 : 성평회해(星平會海)는 사람이 태어난 년, 월, 일,시를 기본 자료로 하여 실성(實星)과 허성(虛星)으로 구성된 많은 성좌(星座)와 간지(干支)를 이용하여 인간의 운명과 본질을 탐구하고 이해하는 학문.

2. 복(卜)

1) 단역(斷易) : 단역(斷易)은 오행역(五行易) 또는 귀곡역(鬼谷易)이라는 명칭으로도 사용되는 것으로서 주역과 십이지지에 의해 길흉(吉凶)이 판단되는 것이다.

2) 육임신과(六壬神課) : 육임신과(六壬神課)는 간단히 육임(六壬)이라는 명칭으로도 사용되는 점법이다. 중국 촉(蜀)나라 제갈공명(諸葛孔明)이 구록도인(龜鹿道人)에게 전수받아 완전한 형식으로 발전시켰다고 한다.

   내용 : 이것은 점보는 시간의 십이지, 달의 계절, 점보는 날의 간지를 기본자료로 하여 어떤 사물의 성패와 길흉을 판단하는 것이다.

3) 태을신수(太乙神數) : 태을신수(太乙神數)도 중국 촉(蜀)나라 제갈공명(諸葛孔明)이 구록도인(龜鹿道人)에게 전수받아 완전한 형식으로 발전시켰다고 한다.

내용: 이것은 개인의 사건뿐 아니라 대중이나 단체, 국가 및 세계정국의 변동으로 발생되는 사건의 길흉을 예측하는 것이다.

4) 기문둔갑(奇門遁甲): 기문둔갑(奇門遁甲)은 팔문둔갑(八門遁甲) 또는 기문학(奇門學)이라는 명칭으로도 사용되는 것으로 중국 황제시대(黃帝時代)부터 유래되어 막대(漠代)에 와서 성행했다고 하고 일설(一說)에 의하면 제갈공명이 구록도인에게 전수받아 완전한 형식으로 발전시켰다고 한다. 제갈공명 문집(文集) 중에 있는 팔진도(八陣圖)는 기문둔갑의 일부분이다.

내용: 기문둔갑은 십천간(十天干), 인문(人門), 구성(九星), 팔신(八神), 구궁(九官)에 의해 이루어진 도판(圖板)에 따라 좋은 방향을 선택하여 활용함으로써 좋은 효과를 얻는 것이다.

3. 의(醫)

1) 방제(方劑): 방제(方劑)는 각종 약물로 질병을 치료하고 건강을

유지하게 하는 것이다.

2) 침구(針灸) : 침구(針灸)는 맥락(脈絡)과 혈기순환(血氣循環)의 원리를 이용하여 침과 뜸으로 질병을 치료하고 건강을 유지하게 하는 것이다.

4. 상(相)

1) 인상(人相):인상(人相)에는 면상(面相), 수상(手相), 체상(體相), 성상(聲相), 족상(足相), 점상(點相) 등 우리가 흔히 관상(觀相)이라고 하는 것이 여기 포함된다.

2) 풍수지리(風水地理):풍수지리(風水地理)는 감여학(堪輿學)이라는 전문용어로 많이 사용되는 것으로 음택(陰宅)은 일반적으로 기지(基地)를 말하는 것이고 음택(陽宅)은 집, 사무실, 점포, 공장 등을 말한다.

3) 명상(名相) : 명상(名相)은 사람의 이름과 상호(商號) 등을 말한다.

5. 산(山)

산(山)은 육체와 정신수련을 통하여 완인(完人)의 경지에 도달하는 것을 궁극 목적으로 하는 방술(方術)이다.

1) 양생(養生) : 식이(食餌), 축기(築基)
2) 현전(玄典) : 권법(拳法), 부주(符呪;符籙)

▣ 올바른 역학 공부를 하기 위한 방법

1. 우선 사주, 관상, 수상, 육효(현실적인 占), 성명학 등의 내용이 있는데 한 가지를 선택하여 공부하도록 한다.
2. 과목이 설정되면 스승을 만나도록 한다.
3. 더욱이 중요한 것은 정신세계에 깊은 관심을 가져 쓸데없는 망상에서 벗어나는 일이다.
4. 수도라는 생활은 항시 일상 생활과 동시에 해야만 한다. 괜히 이 세상과 멀어지려는 것은 좋은 생각이 아니다.
5. 역학은 오행(五行)으로 구성되어 있기 때문에 깊은 응용 능력이 없다면 역학을 제대로 공부할 수 없다.
6. 항상 정신과 육체를 맑게 하여 좀더 마음의 안정을 찾은 후에 공부에 임하도록 한다.
7. 처음에는 이해가 안 되더라도 자꾸 반복하게 되면 그 문제의 뜻을 헤아릴 수 있다.
8. 공식적으로 암기해야 할 상황은 억지로 암기하려 하지 말고 반복된 학습과 응용적으로 풀어가는 습관을 갖도록 한다.

차 례

부 록

제 1 편

입문(入門)

1. 사주 팔자(四柱八字)란 무엇인가?

사주 팔자(四柱八字)란 생년, 월, 일, 시(生年月日時). 네 기둥 여덟 자를 말한다. 이 네 기둥 여덟 자리에 10천간, 12지지를 배열해 놓고, 운명의 길흉을 알아보는 음양오행술(陰陽五行術)인 동시에 한난조습(寒暖燥濕)으로 보는 기상학이기도 하다.

이 사주라는 것이 명(命)의 이치를 안다고 하여 명리학(命理學) 또는 명(命)을 추리한다고 하여 추명학(推命學)이라 한다. 그러면 여기서 10천간(天干), 12지지(地支)를 알아보고 사주 구성 원리를 알아 보도록 하자.

10천간(天干)	甲(갑), 乙(을), 丙(병), 丁(정), 戊(무), 己(기), 庚(경), 辛(신), 壬(임), 癸(계).
12지지(地支)	子(자), 丑(축), 寅(인), 卯(묘), 辰(진), 巳(사), 午(오), 未(미), 申(신), 酉(유), 戌(술), 亥(해).

이 10천간과 12지지가 짝짓기를 하여 사주 팔자를 구성한다. 그

러면 다음 표기에서 사주의 구성 원리를 알아보도록 하자.

1995년 6월 21일(음력) 寅시 생의 사주는 다음과 같다.

	21	6	1995
戊	庚	癸	乙
寅	戌	未	亥

천간과 지지가 짝짓기를 하면 다음과 같은 사주가 구성된다.

태어난 년도의 천간과 지지를 年柱, 태어난 월의 천간과 지지를 月柱, 태어난 일의 천간과 지지를 日柱라고 하고, 태어난 시간을 時柱라고 칭한다. 이런 식으로 사주 팔자(四柱八字)는 구성되어 있다.

2. 음양(陰陽)

음양(陰陽)이란 태극(太極)에서 동정(動靜)의 양기(兩氣)가 분리

되어 나온 태양(太陽)과 태음(太陰), 상대성(相對性) 원리를 말한다.

음양의 상대성 원리를 좀더 규명시키면 이렇다.

양(陽) : 十, 日, 男, 動, 上, 明

음(陰) : 一, 月, 女, 靜, 下, 暗

3. 오행(五行)의 종류(種類)

우리가 월, 화, 수, 목, 금, 토, 일이라고 하는 7일 단위의 요일이 있는데, 거기서 月과 日은 음양(陰陽)을 말하고 木, 火, 土, 金, 水는 오행(五行)이라고 한다.

태양(太陽)은 火, 태음(太陰)은 水, 소양(小陽)은 木, 소음(小陰)은 金이며 火, 水, 木, 金이 대충상생(對沖相生)하는 것이 土이다.

4. 간지(干支)의 오행(五行)과 계절(季節)

천 간	甲	乙	丙	丁	戊	己	庚	辛	壬	癸
지 지	寅	卯	巳	午	辰 戌	丑 未	申	酉	亥	子
음 양	+	−	+	−	+	−	+	−	+	−
오 행	木		火		土		金		水	
계 절	春		夏		四 季 末		秋		冬	

※ 월지(月支)란 무엇인가?

月	1	2	3	4	5	6	7	8	9	10	11	12
支	寅	卯	辰	巳	午	未	申	酉	戌	亥	子	丑

월지는 월(月)에 붙여진 지지를 말한다.

1월을 寅(범), 2월을 卯(토끼), 3월을 辰(용), 4월을 巳(뱀), 5월을 午(말), 6월을 未(양), 7월을 申(원숭이), 8월을 酉(닭), 9월을 戌(개), 10월을 亥(돼지), 11월을 子(쥐), 12월을 丑(소) 달이라고 얘기한다.

여기서 사주 팔자를 뽑기 위해선 만세력이라는 책이 있어야 하는데 필히 만세력 책을 숙지하기 바란다.

5. 간지(干支)의 오행을 암기하는 방법

천간(天干)은 순서대로 甲, 乙, 丙, 丁, 戊, 己, 庚, 辛, 壬, 癸로 나누는데 여기서 중요한 점은 10天干을 둘씩 나누어서 오행을 배대하고 양과 음을 구분한다.

지지(地支)는 달(月)의 순서대로 생각하면 된다.

달의 순서를 적어보면 寅(1월), 卯(2월), 辰(3월), 巳(4월), 午(5월), 未(6월), 申(7월), 酉(8월), 戌(9월), 亥(10월), 子(11월), 丑(12월)이 되는데, 여기서 3・6・9・12월을 제외하고 1・2월을 묶어서 木의 오행에 배대 하고 음양을 붙이면 된다.

나머지 4・5월을 火, 7・8월을 金, 10・11월을 水라는 오행으로 배대하고 음양을 배대하면 된다.

여기서 제외시켰던 辰, 未, 戌, 丑(3・6・9・12)월은 土에 해당되면서 화개살로 구성되어 있다.

6. 오행(五行)의 상생(相生) 상극(相克)

상 생	木生火	火生土	土生金	金生水	水生木
상 극	木克土	土克水	水克火	火克金	金克木

오행의 상생, 상극을 암기하려면 크고 작음을 연상하면 된다.

▶ 나무가 많으면 불이 잘 탈 것이고, 다 타고 남으면 재가 될 것이고, 재는 곧 흙을 말함인데, 흙 속에는 철이 있고 철이 녹으면 물이 생긴다(오행의 상생).

▶ 나무가 많으면 흙이 버틸 수 없고, 흙이 많으면 물이 진흙이 되고, 물이 많으면 불을 끄기 쉽고, 불이 많으면 쇠를 녹이고, 쇠가 많으면 나무를 도려내기 쉽다(오행의 상극).

7. 시각(時刻)과 시간(時干)

구분 시지	오 전	구분 시지	오 후
子	23시 30분 - 1시 30분	午	11시 30분 - 13시 30분
丑	1시 30분 - 3시 30분	未	13시 30분 - 15시 30분
寅	3시 30분 - 5시 30분	申	15시 30분 - 17시 30분
卯	5시 30분 - 7시 30분	酉	17시 30분 - 19시 30분
辰	7시 30분 - 9시 30분	戌	19시 30분 - 21시 30분
巳	9시 30분 - 11시 30분	亥	21시 30분 - 23시 30분

밤 23시 30분부터 다음날 1시 30분까지를 자시(子時)라고 한다. 밤 23시 30분부터 24시 30분까지를 야자시(夜子時)라고 하고, 밤 24시 30분부터 1시 30분까지를 명자시(明子時)라고 한다.

그리고 야자시인 경우는 그날 일진을 사용하게 되고 명자시인 경우는 그날 일진이 아닌 다음날 일진을 사용하게 된다.

8. 시간 표출법

일간 \ 시지	子	丑	寅	卯	辰	巳	午	未	申	酉	戌	亥
甲己	甲	乙	丙	丁	戊	己	庚	辛	壬	癸	甲	乙
乙庚	丙	丁	戊	己	庚	辛	壬	癸	甲	乙	丙	丁
丙辛	戊	己	庚	辛	壬	癸	甲	乙	丙	丁	戊	己
丁壬	庚	辛	壬	癸	甲	乙	丙	丁	戊	己	庚	辛
戊癸	壬	癸	甲	乙	丙	丁	戊	己	庚	辛	壬	癸

이 시간 표출법을 보는 방법과 암기하는 순서를 알아보도록 하자. 사주를 구성하는 요인을 살펴보면 다음과 같다.

사주는 년주, 월주, 일주, 시주로 구성되어 있는데 여기서 주(柱)라는 것은 기둥의 의미로 받아들이면 된다.

가령 1994년 음력으로 2월 18일 새벽 4시라면 사주를 구성하는 네 기둥은 다음과 같이 표기 될 수 있다.

시 주	일 주	월 주	년 주
丙(병)	甲(갑)	丁(정)	甲(갑)
寅(인)	寅(인)	卯(묘)	戌(술)

사주 뽑는 내용은 만세력을 통해서 년주, 월주, 일주는 작성할 수 있으나 시주는 작성할 수 없으므로 태어난 시각은 「7. 시각 (時刻)과 시간(時干)」을 참조하여 태어난 시간을 알아보면 되는데, 시주 안에는 천간(天干)과 지지(地支)로 구성되어 있기 때문에 시간은 「7」을 참조하면 되지만 천간을 작성하려면 「8. 시간 표출법」을 보고 작성하면 된다.

지금 이 사주의 일간이 갑(甲)이기 때문에 갑(甲)을 찾은 후, 시간을 대조하면 시주의 천간을 작성할 수 있다.

▶ 태어난 시간이 인시(寅時)라면 갑(甲)줄에서 인(寅)을 찾는다. 천간은 병(丙)이 될 것이다.

9. 사주의 육친궁위

년 주 —— 조상, 존장, 상사, 초년운

월 주 —— 부모, 형제, 동료, 청년운

일 주 —— 자신 및 배우자, 중년운

시 주 —— 자녀, 손자, 수하, 하인, 말년운

10. 사주 네 기둥 작성하는 방법

우선 생년, 월, 일, 태어난 시간을 알아본 후 만세력을 통해서 년주, 월주, 일주를 작성한 후 태어난 시간은 「7. 시각과 시간」, 「8. 시간 표출법」을 보고 작성하면 사주 네 기둥이 성립된다.

1994년 3월 7일 寅時生의 사주를 작성하면 이렇게 된다.

시　　주	일　　주	월　　주	년　　주
甲 → 시간	癸 → 일간	戊 → 월간	甲 → 년간
寅 → 시지	酉 → 일지	辰 → 월지	戌 → 년지

11. 천간(天干)의 합

간합 干合	甲 己	乙 庚	丙 辛	丁 壬	戊 癸
	土	金	水	木	火
	진실	동정	강제	음탕	무정

甲己合은 중정지합(中正之合)으로 진실한 합이다.

乙庚合은 인의지합(仁義之合)으로 동정의 합이다.

丙辛合은 위엄지합(威嚴之合)으로 위협, 부정, 강제의 합이다.

丁壬合은 인수지합(仁壽之合)으로 요염하고 음탕한 합이다.

戊癸合은 무정지합(無情之合)으로 애정이 없는, 본의 아닌 합이다.

간합은 천간순서 6번째 자리 글자와 합이 되는데 유정화합 되는 것이다.

갑(甲) ―――――――――――――――――――― 기(己)
을(乙) ―――――――――――――――――――― 경(庚)
병(丙) ―――――――――――――――――――― 신(辛)

정(丁) ——————————— 임(壬)
무(戊) ——————————— 계(癸)
기(己) ——————————— 갑(甲)
경(庚) ——————————— 을(乙)
신(辛) ——————————— 병(丙)
임(壬) ——————————— 정(丁)
계(癸) ——————————— 무(戊)

12. 천간(天干)의 충

간충 干冲	甲戊	乙己	丙庚	丁辛	戊壬	己癸	庚甲	辛乙	壬丙	癸丁
	沖	沖	沖	沖	沖	沖	沖	沖	沖	沖

간충은 천간 순서 7번째 자리와 충돌되므로 일명 칠살(七殺)이라고도 한다.

천간끼리 충은 파괴함이니 투쟁, 불화, 논쟁, 배신, 이별, 병고, 수술, 사고, 횡액 등의 흉사가 일어난다.

13. 지지(地支)의 육합

지 합 支 合	子 丑	寅 亥	卯 戌	辰 酉	巳 申	午 未
	土	木	火	金	水	火

지지합은 지지 두 자끼리 합이 되는 것인데 합이 6개이므로 일명 육합이라고 한다. 서로 유정화합하니 서로 다정다감하다고 할 수 있다. 단, 여자 팔자에 합이 너무 많으면 정이 헤퍼서 실정(失貞)할 수 있다.

14. 지지(地支)의 삼합국(三合局)

삼 합 국 (三合局)	亥 卯 未	寅 午 戌	巳 酉 丑	申 子 辰
	木 局	火 局	金 局	水 局

삼합국은 3자가 모여서 합한 것이니 육합보다도 세력이 강하다.

삼합국에서 묶어진 삼합을 나타내는 오행을 암기하려면 다음과 같이 암기하면 된다.

▶ 亥卯未에서 나타나는 오행은 木이 되는데 여기서 중요한 점은 亥卯未의 중간 글자인 卯를 살펴보면 卯는 지지의 木으로 나타내는 글자인데 바로 삼합이 되어서 나타내는 오행과 같다는 것이다.

▶ 寅午戌에서 午도 지지의 火로 나타나는데 마찬가지 삼합의 火로 나타난다. 마찬가지 다른 것도 동일하게 생각하면 된다.

삼합국은 3자가 다 모여서 되는 경우도 있지만 2자가 모여서 되는 경우도 있다.

▶ 해묘미(亥卯未) 삼합이 해묘(亥卯), 묘미(卯未), 해미(亥未)가 되기도 하는데 이럴 때 용어를 준삼합이라 한다.

15. 지지의 방합국(方合局)

방 합 국 (方合局)	寅 卯 辰	巳 午 未	申 酉 戌	亥 子 丑
	동방木국	남방火국	서방金국	북방水국

삼합국과 방합국은 3자가 다 모여서 되는 경우도 있지만 2자씩 짝지어 할 수도 있다. 寅卯辰에서 寅卯, 卯辰, 寅辰이 되는 경우를 말하는데 이럴 경우를 준방합이라고 한다.

방합을 암기하려면 달(月)의 순서를 순서대로 하되 3개씩 나누어 결합하고 합이 되어 변한 오행은 삼합국과 같은 의미로 변모된 것이라고 생각하면 된다.

16. 지지상충(地支相沖)

지 충	子午	丑未	寅申	卯酉	辰戌	巳亥
	沖	沖	沖	沖	沖	沖

태음(太陰)은 水

지지상충도 지지순서 7번째 자리 글자와 대충(對沖)이 되는데 충이 6개이므로 육충 또는 반음(反吟)이라고 한다.

▶ 지충도 지지끼리 충돌하여 파괴함이니 투쟁, 불화, 논쟁, 배신, 이별, 병고, 수술, 사고, 횡액 등의 흉사가 일어난다.

자(子) ———————— 오(午)
축(丑) ———————— 미(未)
인(寅) ———————— 신(申)
묘(卯) ———————— 유(酉)
진(辰) ———————— 술(戌)
사(巳) ———————— 해(亥)
오(午) ———————— 자(子)
미(未) ———————— 축(丑)
신(申) ———————— 인(寅)
유(酉) ———————— 묘(卯)
술(戌) ———————— 진(辰)
해(亥) ———————— 사(巳)

17. 지지삼형(地支三刑)

삼 형	寅 巳 申	지세지형(持勢之刑)
	丑 戌 未	무은지형(無恩之刑)

사주는 삼형살이 있으면 납치, 감금, 이탈, 이별, 고독, 충동, 수술, 불구, 피살, 자살, 조난 등 재액(災厄)이 있다. 그러나 삼형살이 12운성인 생왕(生旺)에 놓이고 사주가 중화가 되면 법관, 경찰, 직업군인, 특수정보수사 권력기관이나 형권직에 종사하지 않으면 의사나 약사가 된다.

18. 자형(自刑)

자 형	子 卯	무례지형(無禮之刑)

자형(自刑)은 무례지형으로 성질이 횡폭하고 예의를 모르며 타인에게 불쾌감을 준다.

소양(小陽)은 木

19. 환자형(還自刑)

환 자 형	辰午酉亥	辰 辰	午 午	酉 酉	亥 亥

환자형(還自刑)은 돌아가며 형이 되는 것이니, 辰午酉亥 넉자가 다 있거나 辰辰, 午午, 酉酉, 亥亥 등 같은 자가 두 자씩 있어도 형이 된다.

20. 십이 운성의 뜻

1. 절(絶) : 다른 말로 포(胞)라고도 하며, 여자를 얻는다.
2. 태(胎) : 아이를 잉태한다.
3. 양(養) : 자궁 속에서 아이를 기른다.
4. 장생(長生) : 아이를 낳는다.
5. 목욕(沐浴) : 목욕을 시킨다.
6. 관대(冠帶) : 사모관대를 입혀 결혼을 한다.
7. 건록(建祿) : 크게 출세를 한다.
8. 제왕(帝旺) : 최고의 위치인 왕에 오르게 된다.

9. 쇠(衰) : 왕 위엔 아무도 없으니 자연히 쇠퇴한다.
10. 병(病) : 쇠퇴하면 병이 든다.
11. 사(死) : 병들면 죽는다.
12. 묘(墓) : 죽으면 무덤으로 간다.

21. 십이 운성

癸	壬	辛	庚	丁己	丙戊	乙	甲	생일 / 운성
卯	申	子	巳	酉	寅	午	亥	장 생
寅	酉	亥	午	申	卯	巳	子	목 욕
丑	戌	戌	未	未	辰	辰	丑	관 대
子	亥	酉	申	午	巳	卯	寅	건 록
亥	子	申	酉	巳	午	寅	卯	제 왕
戌	丑	未	戌	辰	未	丑	辰	쇠
酉	寅	午	亥	卯	申	子	巳	병
申	卯	巳	子	寅	酉	亥	午	사
未	辰	辰	丑	丑	戌	戌	未	묘
午	巳	卯	寅	子	亥	酉	申	절
巳	午	寅	卯	亥	子	申	酉	태
辰	未	丑	辰	戌	丑	未	戌	양

22. 십이 운성 찾는 법

십이 운성은 일간을 기준으로 사지(四支)를 대조하면 된다.

다음과 같이 사주를 작성한 후 십이 운성을 찾도록 해 보자.

시	일	월	년
辛	甲	庚	壬
未	申	戌	子

사주에서 십이 운성을 찾는다면 다음과 같이 작성할 수 있다. 우선 일간을 기준으로 사지(四支)를 대조하여 십이 운성을 찾는다.

위 사주에서 일간 갑목(甲木)을 기준으로 사지(四支)인 未, 申, 戌, 子를 찾는다. 이것은 도표를 보면 찾기 쉽다.

일간 갑목(甲木)이 未를 보게 되면 그 위에 십이 운성이 묘(墓)가 될 것이고 申은 절(絶)이 되고 戌은 양(養)이 되고, 子는 욕(浴)이 되는 것을 알 수 있을 것이다.

십이 운성의 뜻을 알아보면 십이 운성은 인간의 일생(一生)을 나열한 것으로 생각하면 된다.

23. 장성살(將星殺), 화개살(華蓋殺), 도화살(桃花殺), 역마살(驛馬殺)이란 무엇인가?

일 지	寅	午	戌	申	子	辰	巳	酉	丑	亥	卯	未
장 성	午			子			酉			卯		
화 개	戌			辰			丑			未		
도 화	卯			酉			午			子		
역 마	申			寅			亥			巳		

장성살과 화개살, 도화살 그리고 역마살이 사주에서 적용되는 범위를 알아보도록 하자.

장성살	사주에 장성살이 있으면 높은 관직에 오를 수 있다.
화개살	사주에 화개살이 있으면 예술가, 종교인이 된다. 화개살이 많으면 스님이 될 수 있으며, 수도자의 길로 접어 들기 때문에 정신적, 육체적 고통을 많이 접하게 된다.
도화살	일명 함지살(咸池殺)이라고도 하며 사주에 도화살이 있으면 색기(色氣)가 강하며 일생에 남녀의 육체 관계를 수없이 접하게 된다.
역마살	사주에 역마살이 있으면 이동, 이사, 타관살이를 많이 하게 되며 일생을 유수(流水)와 같이 움직여야 하는 살(殺)이다.

장성살과 화개살, 도화살 그리고 역마살을 사주에서 찾는 법 : 우선 사주에서 장성·화개·도화·역마살을 찾으려면 일지를 확인한 후 사지(四支)를 대조하면 된다.

시 주	일 주	월 주	년 주
癸 卯	丁 亥	癸 丑	丁 未

앞에서 장성살을 찾으면 시지(時支)가 장성살에 해당된다. 그 이유는 일지가 亥인 경우 卯가 장성살에 해당되므로 시지에 卯가 장성살이다. 이런 식으로 화개살, 도화살, 역마살도 찾아보자.

24. 공망

甲子 乙丑	甲戌 乙亥	甲申 乙酉	甲午 乙未	甲辰 乙巳	甲寅 乙卯
丙寅 丁卯	丙子 丁丑	丙戌 丁亥	丙申 丁酉	丙午 丁未	丙辰 丁巳
戊辰 己巳	戊寅 己卯	戊子 己丑	戊戌 己亥	戊申 己酉	戊午 己未
庚午 辛未	庚辰 辛巳	庚寅 辛卯	庚子 辛丑	庚戌 辛亥	庚申 辛酉
壬申 癸酉	壬午 癸未	壬辰 癸巳	壬寅 癸卯	壬子 癸丑	壬戌 癸亥
戌亥	申酉	午未	辰巳	寅卯	子丑

60甲子는 10天干 12地支가 순서대로 두 자씩 짝을 지어 돌아가면 60번째에서 끝나고 61번째에서 다시 甲子가 돌아온다.

空亡을 일명 天中殺 또는 旬空이라고 한다. 공망은 비었다, 없다는 뜻이다.

공망은 天干이 10자, 地支가 12자 이므로 干과 支가 짝짓기를 하면 地支 두 자가 항상 남는데 이것을 공망이라고 한다.

地支가 공망되면 그 地支 위에 天干도 공망 작용을 하게 되고 공망된 地支가 刑沖破나 合이 되면 공망 작용을 하지 않는다.

공망을 쉽게 풀 수 있는 방법은 다음과 같은 방법으로 풀면 된다.
(보기) <25> 공망을 뽑는 방법을 참조하세요.

년월이 쌍으로 공망되면 조상과 부모형제의 덕이 없고 妻子와 이별하며 이사수가 많다. 년월시가 모두 공망되면 귀명(貴命)이다.

25. 공망 뽑는 방법

甲	乙	丙	丁	戊	己	庚	辛	壬	癸		
1	2	3	4	5	6	7	8	9	10	11	12
寅	卯	辰	巳	午	未	申	酉	戌	亥	子	丑

1) 숫자가 같은 경우

丁 4 　　　子 　숫자가 같은 경우는 무조건 공망이 子丑
　　　　=　　　이다
巳 4 　　　丑

2) 천간의 숫자가 지지의 숫자보다 큰 경우

癸 10 　　　辰 　천간이 지지보다 숫자가 크다.
　　　　=　　　이럴 경우 지지에다 12를 더하여 천간의
卯 2 　　　巳 　숫자를 뺀다.

癸 10 　　　　　　　　　여기서 남은 숫자 4에서 4의 앞 숫자
卯 2+12=14, 14−10=4 　인 3을 생각한다. 그러면 3, 4(辰, 巳)

가 공망이 된다.

3) 천간의 숫자가 지지의 숫자보다 작은 경우

丙	3		午	이 경우는 지지의 숫자가 천간의
		=		숫자보다 크기 때문에 지지에서 천간을
戊	9		未	빼면 된다.
丙	3			여기서 남은 숫자 6에서 6의 앞 숫자인
戊	9－3=6			5를 생각한다. 5, 6(午, 未)이 공망이 된다.

26. 지장간

지장간(支藏干)이란 지지 속에 내장되어 있는 천간을 말한다. 장간의 한달 30일에 대한 장간이 각기 작용하는 비율이다. 예를 들어 정월(입춘 후)에 출생했다면 월지는 寅이다.

寅 중에 戊, 丙, 甲의 천간이 들어 있는데 입춘일로부터 7일간은 戊土가 작용하고 8일부터 14일째까지는 丙火가 작용하며 남은 16

일간은 甲木이 작용한다.

천간이 지장간에 같은 오행이 있으면 通根했다 하고, 없으면 無根이라고 한다.

지장간이 사주에서 사용되는 범위는 두 가지의 사용 의미가 있는데, 첫째는 사주 팔자에 없는 육친을 알아보려고 하는 것이고, 둘째는 격국을 정하기 위해서 찾는 것인데 이 애매한 설명은 차후 설명하겠다.

계 절	春			夏			秋			冬		
월 지	寅	卯	辰	巳	午	未	申	酉	戌	亥	子	丑
여 기	戊 7	甲 10	乙 9	戊 7	丙 10	丁 9	戊 7	庚 7	辛 9	戊 7	壬 10	癸 9
중 기	丙 7		癸 3	庚 7	己 10	乙 3	壬 7		丁 3	甲 7		辛 3
정 기	甲 16	乙 20	戊 18	丙 16	丁 10	己 18	庚 16	辛 20	戊 18	壬 16	癸 20	己 18

3월은 辰(용)

27. 천을귀인

일간	甲	戊	庚	乙	己	丙	丁	壬	癸	辛
四支	丑未	丑未	丑未	子申	子申	酉亥	酉亥	卯巳	卯巳	寅午

사주에 天乙貴人이 있으면 지혜롭고 총명하며 민첩하고 고상하다. 또한 병이 적으며 모든 재앙을 없앤다.

▶ 천을귀인이 합이 되면 신용을 얻어 발복하고 모든 재앙을 없앤다.

▶ 천을귀인이 형충이나 공망이 되면 풍지풍파가 많고 평생 고생한다.

28. 월덕귀인, 천덕귀인

	月支	亥	卯	未	寅	午	戌	巳	酉	丑	申	子	辰
월덕귀인	天干	甲	甲	甲	丙	丙	丙	庚	庚	庚	壬	壬	壬
천덕귀인	干支	乙	申	甲	丁	亥	丙	辛	寅	庚	癸	巳	壬

사주에 月德貴人이 있으면 선조의 덕이 있고 官刑이나 모든 재앙이 소멸된다.

▶ 일간이 월덕귀인이면 덕망이 있어 존경을 받는다.

사주에 月德, 天德이 같이 있으면 길한 사주는 더욱 길하고 흉한 사주는 흉이 감소된다. 여명이 月德, 天德이 같이 있으면 온순하고 정조관념이 강하며 産厄이 없다.

29. 암록(暗祿)

日 干	甲	乙	丙	丁	戊	己	庚	辛	壬	癸
暗 祿	亥	戌	申	未	申	未	巳	辰	寅	丑

암록이 사주에 있으면 재물이 풍족하며 인덕(人德)이 풍족하다.

30. 금여록(金輿祿)

日 干	甲	乙	丙	丁	戊	己	庚	辛	壬	癸
金輿祿	辰	巳	未	申	未	申	戌	亥	丑	寅

사주에 금여록이 있으면 남자인 경우 처덕이 있으며, 여자인 경우는 미모가 뛰어나며 남편덕이 있겠다.

31. 문창성(文昌星)

日 干	甲	乙	丙	丁	戊	己	庚	辛	壬	癸
文昌星	巳	午	申	酉	申	酉	亥	子	寅	卯

사주에 문창성이 있으면 글 재주가 뛰어나다. 학자들에게 많이 나타난다.

32. 양인살(羊刃殺)

羊刃殺	日干	甲	丙	戊	庚	壬
	四支	卯	午	午	酉	子

→ 도화살인 子午卯酉

양인은 형벌을 맞은 살이다. 신왕한 사주에 양인이 있으면 대흉하나 신약할 땐 무방하다.

▶ 양인이 있는 사주에 편관이 있으면 직업군인, 경찰, 정보수사기관에 종사한다.

▶ 양인이 있고 삼합이 있으면 외국에 나가 산다.

33. 괴강살(魁剛殺)

		金		水	
魁剛殺	四柱	庚	庚	壬	戊
		辰	戌	辰	戌
		충		충	

▶ 괴강사주는 총명하고 엄격하며 이론적 토론을 좋아하고 결백한 심성을 갖고 있다.

▶ 괴강사주에 편관이 있으면 軍, 法, 藝 계통에 출세한다.

▶ 괴강살이 많으면 반드시 흉사한다.

▶ 괴강살이 형충되면 재앙이 많고 일생이 빈곤하다.

▶ 괴강살이 있는 여자는 총명하고 미색이나 고집이 세고 부부불화가 심하며, 후에 이별수도 보인다.

34. 백호살(白虎殺)

		충		충		충		
白虎殺	四	甲	戊	丙	壬	丁	癸	乙
	柱	辰	辰	戌	戌	丑	丑	未
			충				충	

▶ 사주에 백호살이 있으면 반드시 형충이 되어 나타나야 작용을 하는데 만약 형충이 되었으면 그 해당된 형충의 육친이 비명횡사 하든가 불의의 사고를 당하게 된다.

35. 음양착살(陰陽錯殺)

		火		土		金		水					
陰陽錯殺	日時柱柱	丙	丙	丁	丁	戊	戊	辛	辛	壬	壬	癸	癸
		子	午	丑	未	寅	申	卯	酉	辰	戌	巳	亥
		충		충		충		충		충		충	

▶ 음양착살이 사주에 있으면 혼담에 장애가 생기고 상중득처하거나 부부불화로 풍파가 많다.

▶ 음양착살이 일주에 있으면 외숙이 고독하거나 외가가 쇠몰한다.

▶ 음양착살이 시주에 있으면 처남이 고독하거나 처가가 망한다.

36. 원진(怨嗔)

怨 嗔	子 未	丑 午	寅 酉	卯 申	辰 亥	巳 戌

6월은 未(양)

원진살은 대운이나 년운에서 원진을 만나면 재수가 없다. 여명에 원진살이 있으면 음성이 크고 성품이 탁하며 천한 사람과 정분을 나눈다.

37. 상파(相破)

相破	子 酉	卯 午	도화살로 구성되어 있다	寅 亥	巳 申	역마살로 구성되어 있다	丑 辰	未 戌	화개살로 구성되어 있다

38. 상해(相害)

相 害	子 未	丑 午	寅 巳	卯 辰	申 亥	酉 戌

상해를 일명 상천살(相天殺)이라 한다.

▶ 상천살이 사주에 있으면 인덕이 없고 풍파가 많으며 특히 여자는 남편의 주색, 도박으로 인해 고통을 받는다.

▶ 상해는 久病의 작용을 하는데 상해가 되는 육친궁위의 육친과 인연이 없고 또 해당육친이 병약하다.

39. 귀문살(鬼門殺)

鬼 門 殺	年 支 대	子	丑	寅	卯	辰	巳	午	未	申	酉	戌	亥
	日 時 支	酉	午	未	申	亥	戌	丑	寅	卯	寅	巳	辰

▶ 귀문살이 있으면 신경쇠약, 변태성, 의부증, 의처증, 의심이 많고 이것이 많이 나타나면 정신이상에 걸려본다.

40. 상문, 조객

	年支	子	丑	寅	卯	辰	巳	午	未	申	酉	戌	亥
상 문	四支	寅	卯	辰	巳	午	未	申	酉	戌	亥	子	丑
조 객	四支	戌	亥	子	丑	寅	卯	辰	巳	午	未	申	酉

사주에서 상문, 조객에 적용되는 의미는 이렇다.

▶ 1995년 乙亥년의 경우 丑과 酉가 상문, 조객이 되는데 사주에서 사지(四支) 중에 丑, 酉가 있으면 상문, 조객이 들었다고 할 수 있다. 만약 상문, 조객이 드는 해에는 집안에 불안한 일이 발생되며, 자신 또한 하는 일이 잘 안 되며, 불안감만 휩싸이며 집안에 초상이 날 우려가 있다.

▶ 사주에 戌, 亥가 일지나 시지에 있는 자는 꿈과 예감이 잘 맞으며 예술가, 의사에게 많이 있고 또 예술인, 무속인들에게도 자주 나타난다.

41. 고진, 과숙살

生 年 支	孤辰	寡宿
寅卯辰生	巳	丑
巳午未生	申	辰
申酉戌生	亥	未
亥子丑生	寅	戌

고진, 과숙은 無妻無父, 無父母, 無子女의 살로 사주에 있으면 부부생리 사별하고 고독하며 고생하게 된다.

42. 고진, 과숙살을 암기하는 방법

1. 생년지는 달(月)을 생각하면 된다.
2. 고진, 과숙은 삼합국을 생각하면 된다.

▶ 寅(1월), 卯(2월), 辰(3월) 다음에는 항상 巳(4월) 달(月)이 나오는데 巳로 시작되는 삼합국 순서는 巳酉丑이 된다. 여기서 중간 글

자인 酉을 빼면 巳, 丑이 고진, 과숙살이 되는 것이다.

▶ 巳(4월), 午(5월), 未(6월) 다음에는 항상 申(7월) 달(月)이 나오는데 申으로 시작되는 삼합국 순서는 申子辰이 된다. 여기서 중간 글자인 子을 빼면 申, 辰이 고진, 과숙살이 되는 것이다.

43. 삼재팔란, 삼살방위

三災八難	生年支	三災三年	三殺方位	胎世	方位
	亥卯未生	巳午未年		亥卯未年	西方
	寅午戌生	申酉戌年		寅午戌年	北方
	巳酉丑生	亥子丑年		巳酉丑年	東方
	申子辰生	寅卯辰年		申子辰年	南方

44. 삼재팔란을 암기하는 방법

1. 우선 삼합국을 알아야 한다.
2. 다음으로 방합국을 알아야 한다.

▶ 亥卯未 生들의 삼재는 巳午未 年이 되는데 이것을 쉽게 암기하려면 다음과 같은 방법으로 암기하면 된다.
亥卯未의 끝에 글자와 巳午未의 끝에 글자인 未가 같다.
여기서 알 수 있는 것은 삼합국 끝 글자와 방합국 끝 글자가 같은 글자로 구성되어 있다. 그러므로 亥卯未가 나오면 巳午未를 생각하면 된다.

▶ 寅午戌 生들의 삼재는 申酉戌 年이 되는데 이것을 쉽게 암기하려면 다음과 같은 방법으로 암기하면 된다.
寅午戌의 끝 글자와 申酉戌의 끝 글자인 戌이 같다.
여기서 알 수 있는 것은 삼합국 끝에 글자와 방합국 끝에 글자가 같은 글자로 구성되어 있다. 그러므로 寅午戌이 나오면 申酉戌을 생각하면 된다.

나머지들도 이와 같은 방법으로 해보자.

9월은 戌(개)

45. 현침살(懸針殺)

懸 針 殺	日 干	甲	辛
	日時支	卯 午 申	卯 午 申

현침살은 침구사, 한의사, 약사, 간호사, 역술 등의 일을 해본다.

46. 대운(大運) 뽑는 법

출생년간에서 양(+)과 음(−)을 구별한 후, 남자인 경우는 양이면 월주에서 순행, 음이면 월주에서 역행한다. 출생 년간에서 양(+)과 음(−)을 구별한 후, 여자인 경우 양이면 월주에서 역행, 음이면 월주에서 순행한다.

대운이 순행하는 자는 출생일로부터 지나온 절입까지의 일수를 세어서 3으로 나누어진 수가 대운이고, 대운이 역행하는 자는 출생일로부터 지나온 절입까지 일수를 세어서 3으로 나누어지고 1

이 남으면 버리고, 2가 남으면 대운의 수에 보태서 보는 것이다.

◈ 1994년 2월 14일 낮 4시에 출생한 남자의 사주에서 대운을 뽑을 때

시 주	일 주	월 주	년 주
甲	庚	丁	甲
申	戌	卯	戌

── 1994년 년주는 甲戌年이고 2월 절기 경칩이 1월 25일이므로 2월 절기 경칩을 지나서 태어났으니 월주는 丁卯, 2월 14일에 일주는 庚戌, 오후 4시에 태어났으니 시주는 甲申이 된다.

대운은 출생한 년간(年干)의 甲이 양(+)이므로 순행한다.

출생일 2월 14일에서 다음 절입 청명이 2월 25일이면 2월 14일에서 다음 절입 청명 2월 25일까지 날짜 수를 세어보면 12일이 된다. 이 12일을 3으로 나눈다(항상 3으로 나눈다).

3으로 나누면 4로 나누어지고 대운 수는 4가 된다. 남자 사주의 경우 년간이 양이면 월주에서 순행된다는 것을 명심하기 바란다.

월주에서 대운이 순행하니 4세부터 13세까지 10년은 戊辰운이 작용하고, 14세부터 23까지 己巳운이 작용하며, 순행하는 대운에 따라 10년씩 운이 바뀐다(간지가 각각 5년씩 운이 작용한다).

54	44	34	24	14	4	대운
癸	壬	辛	庚	己	戊	
酉	申	未	午	巳	辰	

◈ 1995년 2월 6일 오후 2시에 출생한 여자 사주에서 대운을 뽑을 때

시 주	일 주	월 주	년 주
乙	丙	己	乙
未	午	卯	亥

—— 1995년 년주는 乙亥年이 되고 2월 절기 경칩이 2월 6일이다. 2월 절기 경칩을 지나서 태어났으니 월주는 己卯, 2월 16일에

일주는 丙午, 오후 2시에 태어났으므로 시주는 乙未가 된다.

출생일 2월 16일에서 다음 절입 청명이 3월 6일이면 2월 16일에서 다음 절입 청명 3월 6일까지의 날짜수를 세어보면 21일이 된다. 이 21일을 3으로 나눈다. 3으로 나누어 나온 7이 바로 대운수이다.

여자 사주인 경우 년간이 음이면 월주에서 순행된다는 것을 명심하기 바란다.

월주에서 대운이 순행하니 7세부터 16세까지 10년간은 庚辰운이 작용하고 17세부터 26세까지 辛巳운이 작용하며 순행하는 대운에 따라 10년씩 운이 바뀐다(간지가 각각 5년씩 운이 작용한다).

67	57	47	37	27	17	7	대운
丙	乙	甲	癸	壬	辛	庚	
戌	酉	申	未	午	巳	辰	

제 2 편

원리(原理)

1. 신왕신약

1) 득령(得令)——월지가 일간과 같은 오행이거나 일간을 생해주는 오행.

木	木	火	木
乙	甲	丙	甲
亥	寅	寅	子
水	木	木	水

일간 甲木이 寅月에 출생했다. 일간 甲木도 木이요, 월지인 寅木도 木이므로 득령했다고 한다.
마찬 가지로 水라는 오행이 월지에 온다고 한다면 그 또한 득령했다고 한다.

2) 득세(得勢)—— 일간과 같은 오행이거나 일간을 생해주는 오행.

木	木	火	木
乙	甲	丙	甲
亥	寅	寅	子
水	木	木	水

일간 甲木과 같은 오행과 甲木을 도와주는 水라는 오행이 많이 나타나면 득세했다고 한다.

3) 득지(得地)——일지가 일간과 같은 오행이거나 일간을 생해주는 오행. 이와 반대면 실령(失令), 실세(失勢), 실지(失地)라고 한다.

木	木	火	木
乙	甲	丙	甲
亥	寅	寅	子
水	木	木	水

일간 甲木이 寅日에 출생했다. 일간 甲木도 木이요, 일지인 寅도 木이므로 서로 같은 오행이므로 득지했다고 한다.
마찬가지로 水라는 오행이 일지에 온다고 한다면 그 또한 득지했다고 한다.

2. 오행의 왕상휴수사

계절 \ 오행	木	火	土	金	水
춘	왕	상	휴	수	사
하	휴	왕	상	사	수
3, 6, 9, 12	수	사	왕	상	사
추	사	수	휴	왕	상
동	상	사	수	휴	왕

오행이 계절에 따른 힘의 분포는 1, 왕 2, 상 3, 휴 4, 수 5, 사의 순위이다. 왕상은 강하고 휴수사는 약한 것이다.

이 오행의 왕상휴수사를 규명하는 이유는 이렇다.

사주에서 득령했는지, 즉 월(月)의 힘을 받고 있는지를 알기 위해서이다.

▶ 일간이 木이고 태어난 월(月)이 2월이라고 하자.

2월은 卯달이면서 봄에 태어났으니 가장 왕(旺)한 달에 태어났기 때문에 월(月)의 힘을 받고 있다고 한다. 그리고 木이 11월인 子월에 태어나도 木이 힘을 받을 수 있으니 상(相)한 달에 태어났다고 할 수 있겠다. 즉 이 또한 월(月)의 힘을 받고 있다.

3. 육신의 통변성

육신은 필히 알아야 될 내용이다.

오행은 생(生)할 수도 있고, 극(克)을 할 수도 있으며, 서로 똑같은 동기(同氣)를 만날 수 있기에 특정한 용어가 필요하여 이렇게 규정해진 것이다. 다시 말해 木이 木을 만나면 어떻게 얘기하면 좋을지, 또는 木이 생(生)을 받을 때, 줄 때 그리고 木이 극(克)을 받을 때와 줄 때의 용어를 정하기로 한 것이다.

육신이 정해지고 거기에 따라 인물, 육친 관계, 물상 또한 정해지니 필히 숙지하기 바란다.

일간과 오행이 같은 것은 比劫인데 (나와 오행이 같은 것)	음양이 같으면 比肩이다. 음양이 다르면 劫財이다.
일간이 생해주는 오행은 食傷인데 (내가 생해주는 것)	음양이 같으면 食神이다. 음양이 다르면 傷官이다.
일간이 극하는 오행은 財星인데 (내가 극하는 것)	음양이 같으면 偏財이다. 음양이 다르면 正財이다.
일간을 극하는 오행은 官殺인데 (나를 극하는 것)	음양이 같으면 偏官이다. 음양이 다르면 正官이다.
일간을 생해주는 오행은 印星인데 (나를 생해주는 것)	음양이 같으면 偏印이다. 음양이 다르면 正印이다.

4. 육신 대조 방법

편 관		편 인	상 관
金(+) 庚(시간)	木(+) 甲(일간)	水(+) 壬(월간)	火(−) 丁(년간)
상 관	편 재	비 견	편 인
火(−) 午(시지)	土(+) 辰(일지)	木(+) 寅(월지)	水(+) 亥(년지)

5. 오행의 흐름을 아는 방법

오행의 흐름을 알려면 다음 조견표를 참조하면 된다. 이 조견표는 木일 때 오행을 기준으로 삼았다.

일간이 木일 때 같은 木을 보게 되면 비겁이라고 말하고, 火를 보면 식상, 土를 재성, 金을 보면 관살이라고 한다.

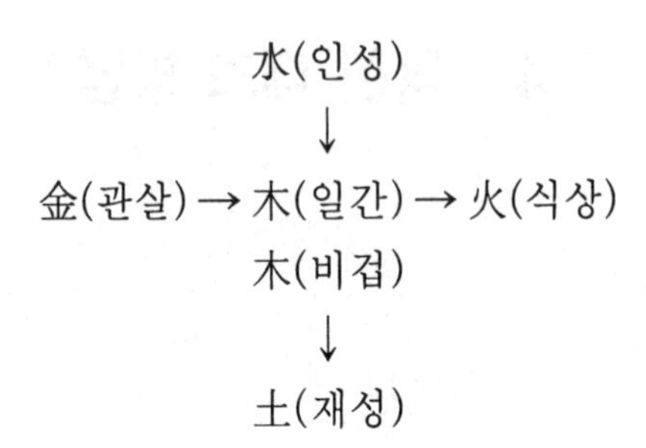

6. 육신의 특성

1. 비 견	1) 성격 : 고집이 세고 지기 싫어하고 독선적이며 불화논쟁과 불신을 초래하니 비사교적인 상태를 이루게 된다. 2) 직업 : 고용직보다는 독립직이 적합하다. 기자, 소개업, 대리점 등. 3) 육친 : 남녀공히 형제자매로 본다. 4) 년운 : 형제자매 또는 친구동료 및 배우자와 재산상의 문제가 생긴다.
2. 겁 재	1) 성격 : 흉폭하고 잔인무도하며 냉혹하고 남을 돕는 마음이 전혀 없고 외선내악의 이중인격자이다. 2) 직업 : 독립적인 자유업이 적당하다. 단 동업은 절대불가. 3) 육친 : 남녀공히 이복형제. 4) 년운 : 부부불화, 이별수, 실물, 손재수 등이 생긴다.

3. 식 신	1) 성격 : 총명하고 명랑하며 도량이 넓어 관대하고 덕망과 풍류를 갖고 있고 일생을 낙천적으로 지낸다. 2) 직업 : 육영, 교육, 학계, 예술, 종교, 요식, 유흥, 서비스업이 적격이다. 3) 육친 : 남자는 손자로 보고 여자는 딸로 본다. 4) 년운 : 건강, 재산, 주색, 이성문제, 남자는 직장과 자녀문제, 여자는 남편과 자녀문제가 생긴다.
4. 상 관	1) 성격 : 총명하며 다재다능하다. 그러나 인내심이 없고 너무 솔직하여 비밀을 숨기지 못하고 유머도 있고 호색하다. 2) 직업 : 육영, 예술, 기술, 학문, 군인, 종교, 서비스업. 3) 육친 : 남자는 손녀, 장모, 조모, 여자는 아들과 조모이다. 4) 년운 : 재산, 건강, 주색, 유흥, 이성문제가 생기고 관재, 질병, 산액 등 남자는 직장과 자녀문제 여자는 남편과 자녀문제가 생긴다.
5. 편 재	1) 성격 : 기교 있고 활동적이니 돌아다니기를 잘하고 욕심이 있어 투기를 잘 하고 다정다감 솔직하고 호색하며 홍정도 잘 하고 선심도 잘 쓴다. 2) 직업 : 상공업, 투기, 정부, 무역, 금융, 돈놀이 등. 3) 육친 : 남자는 부친, 첩, 처의 형제자매. 여자는 부친, 시아버지. 4) 년운 : 금전, 여자, 연애, 결혼, 사업, 부동산, 문서, 부모, 처첩, 시어머니 등의 문제가 생긴다.

6. 정 재	1) 성격 : 근면, 성실, 부지런하고 금전에 대한 집착심이 강하다. 명랑하면서도 인색하며 의심이 많아 조심성이 있고 정직하며 신용은 있으나 인색하다. 2) 직업 : 재정, 금융, 상공업, 돈놀이, 투기는 불가하다. 3) 육친 : 부친의 형제자매, 남자는 처, 여자는 시모의 형제. 4) 년운 : 사업, 매매, 금전, 처첩, 여자, 결혼, 연애, 부모, 친척, 문서 등의 문제가 생긴다.
7. 편 관	1) 성격 : 총명하고 용감하며 과단성은 있으나 성급하고 저돌적이며 포악하고 협기가 있다. 2) 직업 : 직업군인, 경찰, 검찰, 건축, 대인관계가 복잡하다. 3) 육친 : 남자는 아들로 보고 여자는 정부로 또는 남편의 형제자매. 4) 년운 : 투쟁, 질병, 관재, 구설, 산액, 직업, 직장, 남자는 자녀와 형제문제, 여자는 남편과 형제자매, 시숙 등에 문제가 생긴다.
8. 정 관	1) 성격 : 공정, 정직하니 신용과 덕망이 있고 존경 받으며 근면, 성실, 검소하고 세밀하며 자애롭고 충성스러우며 품행이 단정한 군자풍의 소유자이다. 2) 직업 : 공무원, 문관, 행정직, 기술, 성실한 직업이 좋다. 3) 육친 : 직업, 직장, 전업, 전직, 명예, 법률문제와 남자는 조상, 상사, 자녀, 여자는 남편 또는 이성문제가 생긴다.

9. 편 인	1) 성격 : 민첩하고 활발하나 권태와 변덕이 심해 매사가 유시무종으로 끝나고 배신을 잘하며 자기본위대로 행동하는 고집쟁이이다. 2) 직업 : 학문, 문화, 예술, 평론, 의술, 역술업, 간호사. 3) 육친 : 남자는 조부, 계모, 장인. 여자는 시조모이다. 4) 년운 : 부동산, 매매, 계약체결, 건축, 개축, 문서, 학술, 시험, 입학문제.
10. 정 인	1) 성격 : 온후하고 자비로우나 게으르고 인색하며 보수적이고 무사안일한 성격을 갖고 있다. 2) 직업 : 학자, 문인, 교육, 문화사업, 출판, 문방, 의류, 수예, 가구, 언론. 3) 육친 : 남녀 모두 모친으로 본다. 4) 년운 : 부동산 매매, 신축, 개축, 진학, 시험, 보증, 돈 문제.

7. 육신의 작용

1. 일간이 비겁을 많이 보면 일간과 같은 동기가 되므로 힘을 합쳐 자연 신왕해지게 된다.

2. 일간이 식상을 많이 보면 일간이 생하게 되는데 그러면 일간의 힘이 소모되므로 자연 신약해진다.
3. 일간이 재성을 많이 보면 일간이 극을 하게 되는데 그러면 일간의 힘이 소모되므로 자연 신약해진다.
4. 일간이 관살을 많이 보면 일간을 극을 하게 되는데 그러면 일간의 힘이 소모되므로 자연 신약해진다.
5. 일간이 인성을 많이 보면 일간의 힘이 강해지게 되므로 자연 신왕하게 된다.

그러므로 사주에 비겁이나 인성이 많으면 生扶를 받아 자연히 신왕해지고 식상, 재성, 관살을 보게 되면 克洩 당하여 자연히 신약해진다.

8. 격국(格局)과 용신(用神)

※ 격국이란?

사주를 구성하는 기본적인 그릇이라고 생각하면 된다. 가령, '저 사람은 군인으로 사는 것이 좋을 것 같다.' 또는 '저 사람은 영업직을 하면 딱 좋을 것 같다.' 등 사주의 그릇, 사람의 인물을 구성하는 것이다.

※ 용신(用神)이란?

사주가 신왕하게 되면 신왕한 기운을 빼주어야 하고, 또 신약하면 생조(生助)할 수 있게 하는 것이 용신이다. 용신은 사주에서 오행의 조화 또는 중화하기 위한 육신을 지칭하는 것이다.

9. 격국(格局)의 종류

정 격 (正格)	일명, 내격(內格)이라고도 하는데 월지 또는 시의 통변성을 취한 것인데 이것을 내격이라고 한다.
편 격 (偏格)	일명, 외격(外格)이라고도 하는데 종류로는 다음과 같다. — 종격(從格) — 일행득기격(一行得氣格) — 화격(化格) — 강왕격(强旺格) — 양신성상격(兩神成象格)

10. 격(格)을 잡는 법과 용신(用神)의 종류

월지 아래 지장간에서 정기, 중기, 여기 순으로 년간, 월간, 일간을 보고 투간 했으면, 그 해당된 육신이 바로 격(格)을 취하게 되는 것이다. 그러나 이 방법은 쓰지 않을 것이다.

만약에 격(格)을 잡는다면 용신을 보고 정한다.

용신 → 사주에 필요한 오행.

희신 → 용신을 도와주는 오행.

기신 → 용신을 극(克)을 하는 오행.

구신 → 용신을 극설(克洩) 하는 오행.

만약, 木이 용신이라면 水는 희신이 되고, 金은 기신이 되고, 火, 土는 구신이 된다.

이유는 이렇다.

木이 용신이면 水가 희신이 되는 이유는 水가 木을 生함으로 희신이 되고, 金은 木을 극하는 기신이 되고, 火, 土는 용신인 木을 설기시키니 구신이 되는 것이다.

우선 격을 알기 전에 독자 분들에게 용신 잡는 것을 더 요구하고 싶다. 그래서 오행의 흐름과 필요한 용신이 무엇인지를 잘 알기 바란다.

용신의 종류는 약 5가지로 구분할 수 있는데, 내용은 다음과 같다.

전왕용신(專旺用神)	일간과 같은 오행이나 일간을 생하는 오행만으로 구성되어 사주가 태왕(太旺)하면 억제불능하니 왕세에 종(從)한다(일행득기격, 강왕격). 일간이 무근무기(無根無氣)하고 생부가 없어 태약(太弱)하면 소생불능 하니 일간을 버리고 왕한 오행으로 용신을 잡는다(종격).
억부용신(抑扶用神)	신왕하면 손(損)하고 신약하면 조(助)하여 오행을 중화시킨다.
조후용신(調候用神)	사주가 너무 한습(寒濕)하면 火로 녹이고 너무 조열(燥熱)하면 水로 식힌다.
통관용신(通關用神)	상극되는 오행이 대립되었으면 소통시킨다.
병약용신(病藥用神)	용신을 극하는 것이 있으면 病이요, 이 病을 극하는 것이 있으면 藥이다.

11. 식상

<예 1>

시	일	월	년
辛	壬	丙	甲
亥	寅	子	申
		壬	
		癸	

이 사주에서 격(格)과 용신(用神)을 잡는다면 다음과 같이 정리된다. 우선, 격을 정할 때 다음과 같은 내용이 있으니 알고 있기 바란다.

우리가 앞에서 지장간에 대해서 공부한 적이 있는데 지장간의 쓰임에 관해 두 가지로 쓰인다는 것을 얘기한 적이 있다.

첫째는 없는 육친에 대해서 알아 보는 것이고, 둘째는 격국을 정하기 위해서 필요한 것이다. 여기서는 둘째 내용을 설명하기로 하겠다. 우선 사주 중에서 월지 아래 지장간을 알고 있어야 한다.

월지 아래 지장간에서 정기, 중기, 여기 순으로 년간, 월간, 시간에 투간 했는지를 알게 되면 격(格)을 정하기 쉽다.

<예 1>의 사주에서 보면 월지 아래 지장간은 壬癸이다.

정기와 여기로 구분되어 있는데, 우선 정기 壬이 년간, 월간, 시간에 있는지 확인한다.

살펴보면, 년간은 甲, 월간은 丙, 시간은 辛이다. 즉, 정기가 없다는 것을 알 수 있다(똑같은 것을 찾으면 된다). 그 다음 여기인 癸가 있는지 확인한다. 역시 여기도 없다는 것을 알 수 있다. 즉, 이 사주에서는 격을 잡을 수 없다. 그러므로 용신을 잡은 후에 격을 다시 논하기로 하자.

우선 신왕(身旺)한지 신약(身弱)한지를 구분해야 한다.

위의 사주에서 득령, 득지, 득세했는지를 확인해 보자.

일간 壬水가 子월에 출생했으므로 득령했고, 태어난 일은 寅일이므로 실지(失支)했고, 일간 壬水를 도와주는 金水가 모두 5개 이므로(일간을 포함) 득세했다고 한다.

신왕 사주인 것을 한눈에 알아 볼 수 있다.

사주가 水기운이 가득차니 火로 녹여 주어야 할 것인데, 월간 丙火의 기운이 너무 미약하다는 것을 알 수 있다. 한데, 년간 甲木과 일지 寅이 水기운을 木으로 뽑아 월간 丙火를 돕는다.

용신을 잡는다면 火가 용신이 되고 희신은 木이 된다는 것을 알 수 있다. 그러면 다시 정리해서 보면 일간 水가 木을 生하고 木은 다시 火를 生하니 격을 정한다면 식신생재격(食神生財格)이라고 말할 수 있지 않을까.

이렇듯 월지 아래 지장간에서 격(格)을 만들지 않아도 용신의 흐름, 즉 사주의 오행을 보고도 충분히 격(格)을 정할 수 있다.

<예 2>

시	일	월	년
壬	壬	辛	壬
寅	子	亥	子
		戊	
		甲	
		壬	

<예 2>의 사주에서부터는 월지 지장간인 정기, 중기, 여기에서 년간, 월간, 시간을 투간했는지를 보아서 격을 만들지 않을 것이

다. 앞으로 용신을 잡고 격을 구성할 것이니 참고하기 바란다.

일간 壬水가 亥水월에 출생해서 득령했고, 일지는 子水이니 득세했다고 일간 壬水를 도와주는 金, 水기운이 모두 7개가 되므로 득세했다고 한다. 그렇다면 이 사주는 신왕하다는 것을 알 수 있다. 너무 많은 金水기운이 있으니 이 기운을 빼 줄 시지에 寅木을 용신으로 잡아야 한다.

여기서도 격(格)을 잡는다면 식상용식신격(食傷用食神格)이다.

12. 재성

<예 1>

시	일	월	년
庚 辰	庚 辰	己 卯 甲 乙	乙 未

먼저 위의 사주에서 신왕 신약을 구별해 보도록 하자.

일간 경금(庚金)이 卯월에 출생했으니 실령했고, 태어난 일은 辰日이니 득지했고 일간 庚金을 도우는 土金이 6개가 되니 신왕 사주가 된다. 그래서, 신왕한 기운을 누출시켜야 하는데 년간 乙木이 그 기능을 발휘할 수 있으니 용신은 木이 된다.

만약 격을 애기하라면 재용재격(財用財格)이다.

<예 2>

시	일	월	년
辛	丙	乙	乙
卯	午	酉	未

위의 사주에서 신왕 신약을 구별해 보면 다음과 같다. 일간 丙火가 酉月에 출생했으니 실령했고, 일지는 午火가 되니 득지했고, 일간 丙火를 도와주는 木火기운이 5개가 되니 득세했다고 하겠다.

지금 이 사주에서 木火기운이 가득하니 木火를 극설(克洩)할 수 있는 시간에 辛金을 용신으로 잡아야 한다. 격은 재용재격(財用財格)이다.

13. 관살

<예 1>

시	일	월	년
庚 辰	庚 申	丙 寅 戊 丙 甲	己 酉

위의 사주에서 신왕 신약을 구별해 보자.

일간 庚金이 寅月에 태어났으니 실령했고, 일지에 申金이니 득지했고 일간 庚金을 도우는 土金이 6개이니 신왕하다고 하겠다. 金 기운이 강하니 극설(克洩)시킬 필요가 생긴다.

월주 丙寅을 보도록 하자.

월간 丙火는 金기운을 누를 수 있고, 월지 寅木은 월간 丙火를 생조(生助)하니 용신은 당연히 丙火로 잡아야 할 것이다.

이렇듯 강하면 그 강한 기운을 억누르고 또는 빼주는, 즉 극설(克洩)해야만 사주가 중화(中和)가 되는 것이다.

이 사주에 격을 정하면 재자약살격(財滋弱煞格)이라 하겠다.

<예 2>

시	일	월	년
乙 卯	戊 午	甲 寅 戊 丙 甲	戊 子

위의 사주의 신왕, 신약을 구분해 보자.

일간 戊土가 寅月에 출생했으니 실령했고, 일지는 午火가 되니 득지했고, 일간 戊土를 도우는 火, 土가 3개 밖에 안 되니 신약 사주에 해당된다.

한데, 월주 甲寅과 시주 乙卯가 일지 午火를 生하고, 午火는 일간 戊土를 상생하니 吉하게 작용된다.

만약 일지 午火가 없으면 사주가 중화되지 못하니 좋은 사주라 평할 수 없게 된다.

그렇다면 용신은 午火가 되는 것이 분명할 것이다. 이 사주에 격을 잡는다면 살중용인격(煞重用印格)이라 하겠다.

14. 인성

<예 1>

시	일	월	년
庚 子	丁 酉	甲 寅 戊 丙 甲	甲 寅

앞의 사주에서 신왕, 신약을 구별해 보자.

일간 丁火가 寅月에 출생했으니 득령했고, 일지는 酉金이니 失支했고 일간 丁火를 도우는 木, 火가 5개이니 신왕 사주다.

木, 火기운이 가득하며 특히 木기운이 가득하니 제거해야 한다. 즉, 인성(印星)이 많은 결과 재성(財星)으로 인성(印星)기운을 눌러야 하겠으니 일지 酉金을 용신으로 잡아야 한다.

15. 외격

외격은 내격과 달리 비겁, 식상, 재성, 관살, 인성들 중 한두 가지로 구성되어 있다. 다시 말해 비겁, 식상만으로 구성된다든가 아니면 인성만으로 구성되었든가 하는 식의 한두 가지로 구성되어 있는 것이다.

그리고 내격은 일주(日柱)를 기준으로 신왕, 신약을 구별하여 필요한 용신을 찾게 되는데 외격은 사주의 대부분을 차지하는 육신을 따라 용신을 정하는 것이 외격과 내격의 다른 점이다.

외격의 종류는 앞에서도 설명했듯이 5가지로 나누는 것이 기본이지만, 구체적으로는 8내격과 64외격으로 구성되어 있다.

그러면 제일 먼저 일행득기격부터 배워보도록 하자.

16. 일행득기격(一行得己格)

일행득기격을 자세히 살펴보게 되면 비겁(比劫)으로 구성되어진 것이 많다. 또 월지를 포함해서 삼합국 또는 방합국으로 구성되고 거의 대부분이 비겁으로 구성되며 관살이 있어서도 안 된다.

① 곡직인수격

木일생이 지지(地支)에 월지를 포함해서 亥卯未 또는 寅卯辰월에 태어나고 대부분이 木으로 구성되며 金이 없어야 한다.

② 염상격

火일생이 지지(地支)에 월지를 포함해서 寅午戌 또는 巳午未월에 태어나고 대부분이 火로 구성되며 水가 없어야 한다.

③ 가색격

土일생이 지지(地支)에 월지를 포함해서 辰, 戌, 丑, 未월에 태어나고 대부분이 土로 구성되고 木이 없어야 한다.

④ 종혁격

金일생이 지지(地支)에 월지를 포함해서 巳酉丑 또는 申酉戌월에 태어나고 대부분이 金으로 구성되며 火가 없어야 한다.

⑤ 윤하격

水일생이 지지(地支)에 월지를 포함해서 申子辰 또는 亥子丑월에 태어나고 대부분이 水로 구성되며 土가 없어야 한다.

이상을 일행득기격이라고 한다. 그렇다면 사주를 놓고 얘기해보자.

<예 1>

시	일	월	년
乙	甲	乙	甲
亥	寅	卯	寅

앞의 사주에서 신왕, 신약을 구별할 필요가 없다. 왜냐하면 이 사주는 내격이 아니고 외격 사주에 해당되기 때문이다.

외격에서도 일행득기격 중에 곡직인수격 사주에 해당된다. 이 곡직인수격은 木일생이 월지를 포함해서 삼합국인 亥卯未 또는 寅卯辰월에 태어나고 대부분이 木으로 구성되고 관살(官殺)인 金이 없어야 한다는 것이다.

그렇다면 위의 사주에서 용신은 무엇일까?

다름아닌 木이 용신이 되고 인성인 水가 희신이 되는 것이다. 가령 金과 金을 도와주는 土가 년운(年運)이나 대운(大運)에서 만나게 되면 크나큰 악운(惡運)으로 변모하게 되는 것이다.

<예 2>

시	일	월	년
壬	癸	壬	壬
子	亥	子	子

<예 2>의 사주에서도 신왕, 신약을 구분할 필요가 없다.

이 사주는 내격이 아니라 외격에 해당되는 사주다.

외격에서도 일행득기격 중에 윤하격에 해당되는 사주가 된다. 이 윤하격은 水일생이 월지를 포함해서 삼합국인 申子辰과 방합국인 亥子丑월에 태어나고 대부분이 水로 구성되고 관살(官殺)인 土가 없어야 한다.

그렇다면 위 사주에서 용신은 무엇인가?

다름아닌 水가 용신이 되고 인성인 金이 희신이다. 가령, 관살(官殺)인 土와 土를 도와주는 火가 년운(年運)이나 대운(大運)에서 만나게 되면 크나큰 악운(惡運)으로 변모하게 된다.

17. 화격(化格)

일간이 시간이나 월간하고 간합하여 변한 오행이 왕한 계절인 삼합국월에 출생하고 거의 대부분이 화기(化氣)로 구성된 사주이다.

甲 己	土일주가 辰戌丑未月에 출생하고 대부분이 土인 경우
乙 庚	金일주가 巳酉丑申月에 출생하고 대부분이 金인 경우
丙 辛	水일주가 申子辰亥月에 출생하고 대부분이 水인 경우
丁 壬	木일주가 亥卯未寅月에 출생하고 대부분이 木인 경우
戊 癸	火일주가 寅午戌巳月에 출생하고 대부분이 火인 경우

시	일	월	년
己	甲	壬	戊
巳	辰	戌	辰

일간 甲木이 시간(時干)에 己土와 간합(干合)하여 土로 화(化)하고 태어난 월(月)이 戌月이고 사주의 대부분이 土로 구성되어 있으니 화격(化格)에 속한다.

월간 壬水가 있으나 많은 土기운에 의해 저지 당하고 있으니 水기운이 힘을 발휘하지 못한다.

그렇다면 이 사주에서 용신은 무엇일까?

다름아닌 土가 된다. 그중에서도 辰, 丑土가 대운에 있으면 吉하다. 왜냐하면 3월에 辰土와 12월에 丑土는 습한 기운을 갖고 있기 때문이다.

이렇듯 일간과 시간 또는 일간과 월간이 간합(干合)하여 변한 오행이 그 변한 오행에 해당된 월(月)에 출생하고 사주의 대부분이 그 변한 오행을 갖고 있으면 화격(化格)이 되는 것이다.

18. 양신성상격(兩神成象格)

▶ 비겁과 식상만으로 양분된 사주

시	일	월	년
丁	甲	丁	甲
卯	午	卯	午

앞의 사주에서 신왕, 신약을 구별할 필요가 없다. 왜냐하면 외격 사주이기 때문이다. 외격 중에서도 양신성상격에 해당된다.

양신성상격은 비겁과 식상만으로 구성되어 있는 것이 특징이다.

사주를 보면 그 이유를 알 수 있다.

일간 甲木을 기준으로 木, 火로 구성되어 비겁과 식상만이 있는 것을 알 수 있을 것이다. 이것이 바로 양신성상격이다. 그렇다면 이런 사주의 용신은 무엇일까?

바로 火가 용신이 되고 木이 희신이다. 木, 火가 대운(大運)에서 만나게 되면 吉하지만 金이나 水기운을 만나게 되면 악운(惡運)이 겹치게 된다.

이와 같은 운명으로 태어나면 운명이 극단적으로 흐르게 되므로 과히 좋은 사주가 아니라 여겨진다.

19. 종격(從格)

종격의 종류도 다음과 같이 정해진다고 볼 수 있겠다.

① 종살격(從殺格) ② 종재격(從財格)

③ 종아격(從兒格)　　④ 가종격(假從格)

그러면 직접 이런 사주가 존재하는지 확인해 보도록 하자.

① 종살격(從殺格)

시	일	월	년
己 未	癸 未	戊 辰	己 未

이 사주는 종격(從格)에 해당되는 사주이다.

일간 계수(癸水)가 주위에 土기운에 뒤덮여 싸여 있으니 일간 계수(癸水)가 뿌리 박을 만한 곳이 없기 때문에 일간 계수(癸水)를 버리고 土기운 힘을 따라 가게 되는데 土는 水에게 관살(官殺)이 되므로 종살격(從殺格)이 된다.

여기서 종(從)이라는 의미는 따라간다는 의미이다.

다시 말하면 일간을 버리고 관살(官殺)로 따라가게 된다는 것이다. 그렇다면 이 사주의 용신은 무엇일까?

용신은 바로 土가 되고 희신은 火가 된다.

② 종재격(從財格)

시	일	월	년
丙 午	壬 午	丙 午	壬 午

이 사주는 종격(從格)에 해당되는 사주이다. 일간 임수(壬水)가 주위의 火기운에 뒤덮여 싸여 있으니 일간 임수(壬水)가 뿌리 박을 만한 곳이 없기 때문에 일간 임수(壬水)를 버리고 火기운 힘을 따라가게 되는데 火는 水에게 재성(財星)이 되므로 종재격(從財格)이 된다.

그러므로 용신은 火가 된다.

만약 金, 水 대운을 만나게 되면 악운(惡運)을 만난다.

③ 종아격(從兒格)

시	일	월	년
辛 卯	辛 卯	辛 亥	壬 子

종아격(從兒格)의 의미를 분석해 보면, 사주 중에 전부 또는 대부분을 식상(食傷)으로 구성하고 있는 것을 말한다.

식상(食傷)은 육친 인물로 자손(子孫)이 되므로 사주 명칭상 종아격(從兒格)이라고 얘기한다.

앞의 사주 또한 일간 辛金을 버리고 사주에 있는 식상(食傷)을 따라가게 되는데 시지에 卯木이 있고 일지에도 卯木이 있는 것을 볼 수 있다.

이럴 경우 용신은 무엇일까?

이 종아격은 자기 자신을 버리고 식상을 따라가기 때문에 식상(食傷)을 용신으로 잡게 되는데 앞 사주의 경우는 재성(財星)도 보이므로 木이나 水기운을 용신으로 잡을 수 있다.

④ 가종격(假從格)

시	일	월	년
甲	乙	癸	己
申	未	未	未

이 사주를 보면 일간 乙木이 시간에 甲木과 월간에 癸水가 놓여

있어서 종할 수 없으리라 본다. 하지만 시간 甲木과 월간 癸水가 지지를 뿌리 박고 있지 않고 월간 癸水가 년주 己未에 강하게 극을 하고 있고 월간 癸水는 힘을 쓰지 못하니 이 또한 종(從)하리라 보게 되는데, 이럴 때 명칭을 가종재격(假從財格)이라 하며 용신은 土기운이나 金기운을 만나면 좋다.

20. 진가(嗔假)

진신은 사주의 오행조화상 일주가 가장 필요로 하는 육신으로 용신을 삼는 것이고 가신(假神)은 진신이 없으므로 사주의 배합상 부득이 용신으로 삼는 육신을 말한다.

丙	甲	戊	庚
寅	子	寅	寅
		戊	
		丙	
		甲	

이 사주는 득령, 득지, 득세한 사주이다. 이 사주의 용신을 잡게 되면 丙火가 되는데, 이럴 때 이 용신을 진신이라고 하고 만약 丙火가 없을 때에는 戊土나 庚金으로 용신을 잡는데 이 용신을 가신이라고 한다.

21. 한신(閑神)

사주에 용신을 잡을 때 사용하는 용어 중에 다음과 같은 용어가 있다. 사주에는 용신 말고 희신, 기신, 한신이라는 것이 있다. 가령 木이 용신이라면 水는 희신(용신을 생부하는 것)이 되고, 용신을 극하는 金은 기신이라 하고, 나머지 火, 土를 한신이라고 한다.

그런데 이 한신이 실질적으로 중요한 역할을 하지 않으리라 생각되지만 그 생각은 큰 착각이다. 그 이유는 용신과 희신이 대운이나 년운에서 큰 역할을 발휘하지 못하고 있을 때 이 한신의 영향이 큰 역할을 하고 있기 때문이다.

庚	甲	丁	甲
午	寅	卯	子
		甲	
		乙	

癸	壬	辛	庚	己	戊
酉	申	未	午	巳	辰

← 대 운

이 사주는 득령, 득지, 득세한 사주로 용신을 잡는다면 월간에 있는 丁火로 용신을 잡는다. 이 사주에 木氣運이 강하므로 水氣運이 오게 되면 더욱더 신왕하게 되어 水氣運을 막아주는 土氣運이나 火氣運이 있어야 한다. 초년, 중년운은 좋은데 壬申대운부터 金운이 작용하니 불길하다. 그러므로 운이 쇠퇴하기 시작했다.

이밖에도 유정무정(有情無情), 기반(羈絆), 청탁(淸濁), 천복지재(天覆地栽) 등도 있으나 다음 기회에 외격의 종류에 대해서 서술하기로 하겠다.

제 3 편

실전(實戰)

1. 육친 관계

1. 부모편

(1) 부친이 선망(先亡)하는 사주

① 약한 재성(財星)이 많은 비견, 겁재에 의해 극(克)을 받을 때, 또 형, 충을 당할 때 아버님이 일찍 돌아가시게 된다.

② 관살(官殺)이 많은 자

③ 재성(財星)이 많은 자

<예 1>

시	일	월	년
丙	壬	癸	壬
午	子	卯	子

남자 사주에 재성은 육친 관계에서 아버지에 해당된다.
위 사주에 비견, 겁재가 많고 재성이 약하다는 것을 볼 수 있다.

많은 水기운에 의해 재성인 火기운이 극(克)을 당하고 있고 충(沖) 관계로 구성되어 있으니, 아버지가 일찍 돌아가시게 된다.

<예 2>

시	일	월	년
己	己	丁	戊
巳	未	巳	辰

남자 사주에 재성은 육친 관계에서 아버지에 해당된다.

위 사주에서 비견, 겁재가 많고 재성이 보이지 않는 것을 볼 수 있다. 그런데, 년지(年支) 지장간에 재성이 보이고 있다. 즉, 년지 辰아래 지장간에 乙癸戊가 있는데 癸가 재성에 해당된다. 이럴 때 해석은 많은 土기운이 하나밖에 없는 재성 水기운을 공략하고 있으니 마찬가지로 아버지를 일찍 여의게 된다는 사실을 알 수 있다.

(2) 모친이 선망(先亡)하는 사주

① 약한 인성(印星)이 많은 재성(財星)에 극(克)을 당할 때 어머니가 일찍 돌아가시게 된다.

② 인성(印星)이 많은 자

③ 약한 인성(印星)이 많은 관살(官殺)에 설기 당할 때

시	일	월	년
癸	辛	甲	戊
巳	丑	寅	申

년간에 있는 戊土가 인성이 되는데, 월간 甲木과 상충되고 戊土의 기운이 년지 申金에 의해 설기를 당하기 때문에 어머님을 일찍 여의게 된다.

2. 남자 사주편

(1) 처덕이 있는 사주

① 재성(財星)이 용신이거나 희신이 되면 처덕이 있는 사주가 된다.

② 일지(日支)에 용신이거나 희신이 놓이면 처덕이 있는 사주가 된다.

시	일	월	년
癸	丁	乙	丁
卯	酉	巳	未

일간 丁火가 巳월에 출생하고 木, 火기운이 강하게 나타나고 있으니 용신을 잡는다면 시간 癸水가 용신이 된다.

비록, 癸水가 힘은 미약하나 일지(日支) 酉金 희신이 생조(生助)하고 일지는 처의 자리이니 처덕이 있다고 하겠다.

(2) 처덕이 없는 사주

① 재성(財星)이 기신이거나 비견, 겁재에 의해 극(克)을 당하고 일지(日支) 배우자 자리가 기신이면 처덕이 없다고 하겠다.

시	일	월	년
甲	辛	己	丙
寅	卯	亥	子

일간 辛金이 亥월에 출생하고 월간 己土가 년지, 월지에 설기 당하고 木기운이 강하게 흐르고 있어 종재격으로 볼 수 있으나 년간 丙火가 월간 己土를 생하여 종재격으로 볼 수 없다.

그래서 식상 및 재성이 기신에 해당되고 일지(日支) 배우자 자리에 卯木이 놓여 있으며 水木이 강하게 흐르니 처로 인해 고통만 따를 뿐 처덕이 없는 사주가 된다.

(3) 처가 부정한 사주

① 재성(財星)이 간합(干合)이 되고 도화살과 같이 있으면 처가 부정하다.

② 재성(財星)이 일간 외에 간합(干合)이 되면 처가 부정하다.

③ 일지(日支) 화개가 충이 되며 극처(克妻)하지 않으면 처가 부정하다.

시	일	월	년
癸	甲	庚	壬
酉	寅	戌	辰

일간이 甲木이고 戌월에 출생하며 신약 사주로 구성되어 있다.

월지, 년지 재성이 형, 충되고 시간(時干)에 癸水와 년지, 월지, 일지 지장간에 戊土와 合이 드니, 처가 부정하며 시지(時支)에 도화살이 놓여 있고 년지, 월지가 화개에 놓여 있어 극처(克妻)하지 않으면 처가 부정한 경향이 있다.

(4) 처와 이혼할 사주

① 비견, 겁재가 많고 재성(財星)을 극(克)하면 이혼할 수 있는 사주가 된다.

② 사주에 편재만 있어도 이혼할 수 있다.

③ 일지와 시지가 형, 충이 되어도 이혼할 수 있다.

시	일	월	년
壬	癸	戊	丁
子	未	申	未

일간 癸水가 申월에 출생하고 있다.

년간 丁火가 재성이 되는데 년지 未土와 월간 戊土에 의해 설기를 당하고 일간과 충이 되니 처와 이혼하든가 처가 죽을 수 있다.

(5) 처와 모친이 불목하는 사주

① 재성(財星)이 인성(印星)과 형, 충된 경우.
② 많은 재성(財星)이 약한 인성(印星)을 극(克)할 경우.
③ 많은 인성(印星)이 비견, 겁재에 생(生)을 받아 약한 재성(財星)을 극(克)할 경우 모친과 불목한다.

(6) 의처증이 있는 사주

① 비겁(比劫)이 많고 재성(財星)이 약할 때 많은 비겁(比劫)이 재성을 극(克)하므로 의처증이 있는 사주라 하겠다.
② 일지(日支)에 귀문살이 놓인 경우

(7) 남자 무자(無子) 팔자

① 관살(官殺)이 많아서 신약한 사주인 경우 자식이 없다.
② 식신, 상관이 많고 관살(官殺)이 적은 사주가 자식이 없다.

3. 여자 사주편

(1) 남편덕이 있는 사주

① 관살(官殺)이 용신이거나 희신에 해당되는 사주.

② 일지(日支) 배우자 자리가 용신이거나 희신인 사주.

③ 관살(官殺)이 약하고 인성(印星)이 있어서 설기하고 있는데 재성(財星)이 인성(印星)을 극(克)하고 있는 사주가 남편덕이 있는 사주이다.

시	일	월	년
庚	乙	庚	庚
辰	酉	辰	辰

일간 乙木이 辰월에 태어났으니 土, 金이 왕성하다.

즉, 재성(財星)과 관살(官殺)이 강하니 사주가 종(從)해야 겠다. 그러므로, 남편덕이 있다.

(2) 남편 덕이 없는 사주

① 관살(官殺)이 기신에 해당될 경우
② 많은 비겁(比劫)과 인성(印星)이 있고 관살(官殺)이 없는 경우.
③ 많은 식상(食傷)이 관살(官殺)을 극(克)할 경우
④ 일지(日支) 배우자 자리가 기신에 해당될 경우

시	일	월	년
丙	庚	壬	丙
子	子	子	申

일간 庚金이 식상(食傷)이 왕성하고 관살(官殺)인 丙火가 水氣위에 앉아 있으니 남편덕이 없는 사주이다. 즉, 식상이 강해서 관살을 치는 형상이다. 남편덕이 없다.

(3) 남편 말고 다른 정부(情夫)를 두는 여자 및 독신자로 사는 여자

① 많은 식상(食傷)이 적은 관살(官殺)을 극(克)할 경우
② 일지나 시지에 고진·과숙살이 놓인 경우

③ 관살(官殺)이 많고 인성(印星)이나 식상(食傷)이 없는 경우
④ 비겁(比劫)과 인성(印星)이 많은 경우

시	일	월	년
丙	庚	甲	辛
子	子	申	酉

이 사주는 비겁(比劫)과 식상(食傷)이 강하고 시간(時干)에 있는 丙火 관살(官殺)이 쇠약하니 남편덕이 없고 설사 결혼을 한다고 해도 이별수가 보이며 오로지 독신으로 살아야 길하다.

(4) 여자 무자(無子) 팔자

① 식상(食傷)이 형, 충되거나 식상을 극(克)하는 것이 많고, 식상의 기운을 설기하는 것이 많으면 자식이 없다.

2. 질병과 건강

(1) 장수(長壽)할 사주

① 사주에 오행이 중화(中和)가 된 경우
② 사주에 충, 형, 파가 없는 경우
③ 일주가 약한 사주가 아닌 경우

(2) 단명(短命)할 사주

① 일주가 약한 사주
② 용신, 희신이 약하고 기신이 강한 경우
③ 사주에 충, 형, 파가 많은 경우

(3) 흉사(凶死)할 사주

① 사주에 백호살이 형, 충된 경우
② 형, 충, 파가 많은 경우
③ 역마살과 양인살이 같이 있는 사주는 객사하기 쉽다.
④ 양인살이 많거나 괴강살이 많은 경우

(4) 사망시기 아는 방법

사주에서 사망시기를 아는 법은 대운에서 기신이 나타난 경우에 볼 수도 있으나 년운에서 만나게 되면 사망할 수 있는 확률이 더 높다. 가령, 신약사주에서 재성, 관살을 만나게 되고, 대운 또한 기신에 해당되면 사망하기 쉽다.

木	火	土	金	水
재독분비 계통	순환기 계통	소화기 계통	소화기 계통	배설기 계통
간장, 담	심장, 소장	비장, 위장	폐장, 대장	신장, 방광
시각	미각	촉각	취각	청각
신경, 수족마비, 눈	뇌, 눈, 혈압	피부, 허리	코, 가슴, 근골	생식기

(5) 각 오행에 질병이 생기는 경우

① 木이 약(弱)하면 —— 간장, 신경, 눈, 정신 계통에 병(病)이 생길 우려가 있다.

② 火가 약(弱)하면 —— 심장, 소장, 눈, 혈압 등에 병(病)이 생길 우려가 있다.

③ 土가 약(弱)하면 —— 위장, 비장 등 소화기 계통에 병(病)이 생길 우려가 있다.

④ 金이 약(弱)하면 —— 대장, 근골 등 장부위와 뼈, 골절 등에 병(病)이 생길 우려가 있다.

⑤ 水가 약(弱)하면 —— 신장, 방광 등 생식기 계통에 병(病)이 생길 우려가 있다.

3. 격국용신과 육신으로 보는 성격

—— 비견이 용신이면 : 화평하고 온건하며 고집이 있어 논쟁을 잘하니 비사교적이다.

— 비견이 많으면 : 자존심이 강하여 독선적이며 비사교적이고 성급하며 고집이 세다.

— 겁재가 용신이면 : 사고 능력이 부족한 반면에 솔직하다.

— 겁재가 많으면 : 졸렬하고 난폭하며 외선내악, 안하무인이다.

— 식신이 용신이면 : 온후명랑, 총명하고 인정이 많다.

— 식신이 많으면 : 인정이 많은 편이다.

— 상관이 용신이면 : 다재다능 총명하고 민첩하며 자존심이 강하다.

— 상관이 많으면 : 솔직하고 말이 많으며 재주는 있으나 오만불손하여 타인을 무시한다.

— 편재가 용신이면 : 기교 있고 민첩하며 빈틈없으나 말에 거짓이 있다.

— 편재가 많으면 : 다정다감 하면서도 욕심 많고 인색하나 선심을 잘 쓰고 바람기가 있다.

— 정재가 용신이면 : 성실하고 부지런하며 정직하고 세밀하며 호색하다.

— 정재가 많으면 : 게으르고 결단력이 없으며 의심 많고 인색하다.
— 편관이 용신이면 : 총명하며 의협심 있고 교재에 능하다.
— 편관이 많으면 : 명예욕이 강하고 불량하며 의타심이 있다.
— 정관이 용신이면 : 온후독실 인자하고 정직하며 지성적이다.
— 정관이 많으면 : 품행단정 신용 있고 자비심도 있으나 의지가 약하다.
— 편인이 용신이면 : 다재다능 활발하고 민첩하며 매사처리 원만하다.
— 편인이 많으면 : 변덕이 있고 자기본위 고집이 세며 인색하다.
— 정인이 용신이면 : 총명다정 인자하고 너그럽다.
— 정인이 많으면 : 인색하며 자기 주장만 내세운다.
— 辰이 많으면 : 잘 다툰다.
— 戌이 많으면 : 일처리가 신속하다.
— 酉일이나 亥일 생은 : 술을 즐기고 놀기 좋아한다.
— 戌시나 亥시 생은 : 신앙심이 깊고 꿈과 예감이 잘 맞는다.

침구(針灸) : 침구(針灸)는 맥락(脈絡)과 혈기순환(血氣循環)의 원리를 이용하여 침과 뜸으로 질병을 치료하고 건강을 유지하게 하는 것

4. 직업

직업은 격국과 용신 및 길신의 오행과 신살(神殺)에 의한다.

오행이 일방으로 편중되여 억제불능이면 종세(從勢)하고 왕하면 극설(克洩)하고 쇠하면 생부(生扶)하라.

① 신왕하면 자기 사업이 길하다.
② 태왕하면 오히려 봉급생활이 길하며 공동업은 금물이다.
③ 신약하면 봉급생활이 길하다.
④ 신약한데 생부가 없거나 형충이나 공망이 있으면 타인에게 의존함이 길하다.
⑤ 합이 많으면 외교나 대중적인 직업이 길하다.
⑥ 살인(殺印)을 양견(兩見)하면 겸직을 갖는다.
⑦ 편정인(偏正印)이 교집(交集)하면 부업을 갖는다.
⑧ 충합이 많으면 변업을 잘한다.

5. 용신희신(用神喜神)과 財官의 오행으로 보는 직업

— 木 : 임업, 재재, 고수, 화원, 가구, 문구, 피복, 교육, 행정관.
— 火 : 통신, 전기, 전자, 연료, 언론, 방송, 교역, 문화, 교육관.
— 土 : 농업, 양곡, 축산, 토건, 부동산, 종교, 미신, 농림, 토목관.
— 金 : 광업, 철물, 교물, 공업, 금융, 돈 놀이, 군인, 경찰관.
— 水 : 해운, 수산, 요식, 유흥, 접객, 의약, 정치, 상공관.

(1) 관록 먹는 사주

— 재관격(財官格)
— 관인격(官印格)
— 편관격(偏官格)
— 정관격(正官格)
— 편인격(偏印格)
— 정인격(正印格)

— 종강격(從强格)
— 년시상관살격(年時上官殺格)

(2) 외교관 사주

— 관살이나 인성이 역마나 지살에 놓인 자
— 관인이 회국하여 역마나 지살에 놓인 자
— 일지와 더불어 官殺局이나 印綬局을 이룬 자

(3) 직업군인 사주

— 편관격
— 殺旺하고 羊刃殺이 있는 자
— 羊刃格에 偏官이 있는 자
— 殺旺하고 印星이 약한 자
— 상관격
— 金火로 구성된 사주

(4) 교육가 사주

—— 인수격(印綬格)
—— 상관격(傷官格)
—— 인수용신(印綬用神)
—— 상관용신(傷官用神)

⑸ 언론, 문예 사주

—— 食傷格 사주(특히 木火 또는 金水 傷官格)
—— 印綬格 사주
—— 인성이 많거나 왕성한 사주
—— 관살이 旺한데 인성이 있는 사주

⑹ 상업인 사주

—— 편재격 : 투기, 무역
—— 정재격 : 안정된 사업
—— 食傷生財格 : 무역
—— 印綬用財格 : 인쇄, 문방, 가구, 부동산업
—— 재성이 역마에 놓인 자 : 무역

— 財多, 身弱한 사주 : 小商
— 재성이 형충되거나 공망된 자 : 小商
— 재왕살약한 사주: 행상, 외판업

(7) 공업인 사주

— 比劫이 많은 자
— 印星이 많은 자
— 傷官格이 財星이 없는 자
— 金 일주가 火왕한 자

(8) 금융업 사주

— 從財格 사주
— 身旺財旺 사주
— 財官이 併柱한 사주
— 財官이 庫가 있는 사주
— 財官이 合身한 사주

(9) 서비스업 사주

—— 食傷生財格 사주
—— 食傷과 財星이 結局한 사주
—— 丙(申, 子, 辰) 일생이 金水가 왕한 자
—— 戊(申, 子) 일생이 水木이 왕한 자
—— 己(丑, 卯) 일생이 水木이 왕한 자
—— 庚(申, 子, 辰) 일생이 水나 木이 있는 자
—— 庚(申, 子, 辰, 寅) 일생이 申亥子월에 출생한 자
—— 辛(巳, 亥) 일에 출생한 자
—— 壬(申, 子, 辰) 일생이 木이나 火가 있는 자

(10) 배우, 음악, 무용가 사주

—— 食神傷官이 왕한 자
—— 傷官格이 印星이 왕한 자
—— 官殺이 많고 印星이 약한 자
—— 官殺이 많아 官殺이 없는 자
—— 桃花殺이 많은 자

── 曲直格 사주
── 木일생이 木이 많은 자
── 火土傷官格 사주
── 火土日主가 四庫月에 출생한 자
── 壬子일, 癸丑일 생이 水가 많은 자

(11) 의약인, 역술인 사주

── 寅, 巳, 申 일생이 형(刑)을 만난 자
── 辰, 戌, 丑, 未 일생이 형을 만난 자
── 일지나 시지에 천문(戌, 亥)살이 있는 자
── 일월시 중에 戌亥나 丑寅巳가 두 자 이상 만난 자
── 현침살(縣針殺)이 있는 자
── 木, 土 일생이 戌亥를 두 자 이상 만난 자
── 比劫이 태왕하고 官殺이 약한 자
── 印星이 태왕하고 官殺이 약한 자
── 食神格이 官殺이 있는 자
── 傷官格이 官印이 있는 자

—— 官殺이 병주(倂柱)한 자
—— 偏印格 사주
—— 木 일주가 寅卯巳午未월이나 시에 戌亥가 있는 자
—— 火 일주가 金水가 왕하거나 水가 있는 자
—— 金 일주가 기명종살(棄命從殺)자
—— 金 일주가 財官이 結局한 자
—— 水 일주가 食傷이 왕한 자
—— 寅 일생이 巳午未戌월에 출생한 자
—— 午未 일생이 夏冬절에 출생하고 시에 천문이 놓인 자
—— 戌 일생이 월이나 시에 戌亥나 丑寅이 있는 자
—— 丑亥 일생이 월이나 시에 戌亥나 丑寅이 있는 자
—— 甲(子, 戌) 일생이 월이나 시에 戌亥가 있는 자
—— 甲戌(戌) 일에 출생한 자
—— 乙(卯, 巳) 일생이 午未나 戌亥가 있는 자
—— 丁(巳, 酉, 丑) 일생이 木 또는 金이나 火가 왕한 자
—— 丁 일생이 金局을 이룬다
—— 丁, 乙, 辛(丑, 未) 일생이 戌亥나 丑寅巳가 월이나 시에 있는 자

── 丙辰 일생이 木火가 왕하고 水가 없거나 水가 왕한 자
── 丙(申, 子, 辰) 일생이 木 또는 金, 水가 왕한 자
── 戊(申, 子, 辰) 일생이 金, 水가 많은 자
── 己(巳, 亥) 일생이 월이나 시에 천문이 있는 자
── 庚(寅, 午, 戌) 일생이 寅卯巳午未戌월에 출생한 자
── 辛(亥, 卯, 未, 丑) 일생이 春冬절에 출생한 자
── 辛(亥, 卯, 未, 巳, 丑) 일생이 夏절에 출생하고 시에 辰戌亥가 있는 자
── 辛酉 일생이 酉戌을 만난 자
── 壬子 일생이 寅卯월이나 시에 출생하고 水木이 많은 자
── 壬辰 일생이 夏冬절에 출생한 자
── 壬午 일생이 寅卯월이나 시에 출생하고 水木이 많은 자
── 癸酉 일생이 寅卯월이나 시에 출생하고 水木이 많은 자
── 癸未 일생이 巳午未戌亥월에 출생한 자
── 官殺과 印星이 同柱하거나 倂柱한 자

(12) 종교가 사주

── 辰, 戌, 丑, 未가 많은 자

— 土氣가 왕성한 자
— 土용신이 미약한 자
— 食傷이 왕성한 자
— 土金 食傷格 사주
— 偏官과 印星이 있는 사주
— 印星이 화개나 묘에 놓인 자
— 일월시 중에 戌亥가 있는 자
— 子, 午, 卯, 酉생이 巳가 있고 장생에 봉한 자
— 木, 火, 土 일주가 火국에 이룬 자
— 木 일주가 春절에 출생하고 火氣가 많은 자
— 木 일주가 寅卯월이나 夏冬절에 출생한 자
— 火 일주가 春절에 출생하거나 木이 왕한 자
— 土 일주가 火 기운이 왕하거나 戌亥가 있는 자
— 水 일주가 秋冬절에 출생하거나 水국을 이룬 자
— 甲, 丙, 丁, 戊 일주가 戌亥가 있고 克害空亡이 있는 자
— 甲戌(寅, 午, 戌) 일생이 천문이 있고 夏절에 출생한 자
— 乙己(亥, 未) 일생이 천문이 있고 夏절에 출생한 자

(13) 화류계 사주

── 陽, 일주가 食傷이 많은 자
── 陰, 일주가 食傷이 많은 자
── 殺重制輕格(관살이 많은 사주에 식상이 약한 것)
── 制殺太過格(약한 관살을 많은 식상이 극하는 것)
── 傷官이 合이 많거나 干合한 자
── 傷官이 時에 있고 官殺이 不均한 자
── 金 일주가 秋절에 출생하고 火가 약한 자
── 水 일주가 水氣가 왕하고 土가 약한 자

6. 평생운, 년운, 월운, 일진의 길흉(吉凶) 대조

(1) 平生運

── 평생운이 용신을 生扶하면 吉하게 된다.
── 평생운이 용신을 克洩하면 凶하게 된다.

(2) 年運

— 그해 運에 干支가 용신을 生扶하는 해에는 吉年이 된다.
— 그해 運에 干支가 용신을 克洩하는 해에는 凶年이 된다.
— 평생운이 吉한데 年運도 吉하면 大吉이다.
— 평생운이 吉한데 年運이 凶하면 70%는 吉, 30%는 凶하다.
— 평생운이 凶한데 年運도 凶하면 大凶이다.
— 평생운이 凶한데 年運이 吉하면 70%는 凶하고, 30%는 吉하다.
— 년운이 吉한데 평생운이 년운을 生扶하면 大吉하다.
— 년운이 吉한데 평생운이 년운을 破剋하면 小吉하다.
— 年支가 沖年이 되면 조상 또는 수상인에 문제가 생긴다.
— 月干이 沖年이 되면 이동, 이사, 직업 변동, 부모형제 문제가 생긴다.
— 時干이 沖年이 되면 직업변동할 염려가 있다.
— 時支가 沖年이 되면 부부불화, 자녀근심이 생긴다.
— 원진년에는 불화, 증오, 이별, 억울한 일이 생긴다.
— 역마, 지살년에는 분주하게 움직이고 여행수가 많다.
— 귀문살년에는 정신 나가고 이해 못할 행동을 한다.

7. 결혼(結婚)

(1) 남자가 일찍 결혼하는 팔자

① 재성(財星)이 있는 사주가 재관(財官)운을 용신(用神)이 왕성한 대운, 년운에서 만나는 경우

② 재성(財星)에 해당되는 년운이 삼합, 육합되는 경우

(2) 여자가 일찍 결혼하는 팔자

① 관살(官殺)이 있는 사주가 재관(財官)운을 용신(用神)이 왕성한 대운, 년운에서 만나는 경우

② 관살(官殺)에 해당되는 년운이 삼합, 육합되는 경우

(3) 남, 여 모두 늦게 결혼하는 사주

① 비겁(比劫)이 많이 있는 경우

② 인성(印星)이 많이 있는 경우

③ 일지 배우자 자리가 형, 충되고 초년, 청년운이 흉(凶)한 경우

④ 남자가 사주에 재성(財星)이 없는 경우, 여자는 사주에 관살

(官殺)이 없는 경우

⑷ 남, 여 모두 연애 결혼하는 사주

① 재성(財星), 관살(官殺)이 왕성한 경우

② 일지가 12운성에 목욕, 12신살에 도화살이 놓인 경우

③ 일지와 더불어 육합, 삼합국을 이룬 경우

⑸ 남, 여 모두 중매 결혼하는 사주

① 비겁(比劫)이나 인성(印星)이 많은 경우

② 일지(日支)가 형, 충된 경우

⑹ 결혼 시기

① 남, 여 모두 용신이나 희신이 년운, 월운에 올 경우

② 일지가 육합 또는 삼합이 되는 년운, 월운에 결혼한다.

8. 궁합 보는 방법

남자 사주 · 1995년 2월 8일 오전 10시 50분

여자 사주 · 1995년 7월 16일 오후 11시 20분

<table>
<tr><td rowspan="4">건 丁 戊 己 乙
명 巳 戌 卯 亥</td><td>년간 乙 ↔ 乙</td><td>동기</td><td rowspan="8">이 두 사주의 궁합을 보면 다음과 같다.
동기(同氣)가 3개, 합(合)이 1개, 상생(相生)이 1개, 극(克)이 1개, 충(沖)이 2개이다. 그러므로 궁합이 좋다고 한다.
이유는 이렇다
동기, 상생, 합이 극, 충, 형보다 많으면 궁합이 좋다고 얘기한다. 그리고 가장 중요한 것은 용신이 서로 같으면 실로 좋은 궁합이다. 둘 다 신왕사주이므로 관살, 재성으로 용신을 잡는다. 이 점을 꼭 기억해 두면 어떤 궁합도 볼 수 있다.</td></tr>
<tr><td>년지 亥 ↔ 亥</td><td>동기</td></tr>
<tr><td>월간 己 ↔ 甲</td><td>합</td></tr>
<tr><td>월지 卯 ↔ 申</td><td>극</td></tr>
<tr><td rowspan="4">곤 乙 甲 甲 乙
명 亥 戌 申 亥</td><td>일간 戊 ↔ 甲</td><td>충</td></tr>
<tr><td>일지 戌 ↔ 戌</td><td>동기</td></tr>
<tr><td>시간 丁 ↔ 乙</td><td>상생</td></tr>
<tr><td>시지 巳 ↔ 亥</td><td>충</td></tr>
</table>

9. 결혼 택일법

① 여자 일주와 육합, 삼합이 드는 날 결혼식을 올리면 된다.
② 결혼 못하는 날은 불혼일인 축(丑)일과 해(亥)일, 복단일, 월기일, 제사 불길일 등이니 그날만 피하면 된다.

10. 사주 감정의 순서

① 일주가 강(强)한지 약(弱)한지를 구분한다.
② 월지(月支)를 기준으로 격국을 잡아야 한다.
③ 내격, 외격을 구분한 후 용신, 희신, 기신을 잡아야 한다.
④ 각종 길성, 흉살을 알아보고 12신살, 12운성을 살펴본다.
⑤ 대운(大雲), 년운(年雲)을 용신과 대조한다.
⑥ 성격, 직업을 판단하고 그 사주의 육친 관계를 살핀다.

- ▣ 역대 왕족들의 사주
- ▣ 역대 대통령의 사주와 그외 정치인들
- ▣ 연예인 사주
- ▣ 그외 유명인 사주

▣ 역대 왕족들의 사주

(1) 태조 이성계

서기 1335년 6월 15일 子시생

시	일	월	년
甲	己	癸	乙
子	未	未	亥

63	53	43	33	23	13	3	대
丙	丁	戊	己	庚	辛	壬	
子	丑	寅	卯	辰	巳	午	운

기토(己土) 일간이 미(未)월에 태어났으니 양인격(羊刃格)이며 월지 미(未) 아래 지장간에 을목(乙木)이 년간(年干)에 투간하니 편관격이기도 하다.

미(未)월생이 사주가 건조하니 수기(水氣)운이 절대적으로 필요로 하다. 그러나 양인격인 살성(殺星) 을목(乙木)이 있어야 양인살을 제압할 수 있으니 을목(乙木)이 용신이며 수(水)는 희신이다.

지지(地支)가 해묘미(亥卯未)이 목(木)국을 이루며 수기(水氣)운이

거관유살(去官留殺)되니 더욱 길하다. 대운 또한 목(木)국으로 이루어지니 더욱더 길한 사주로 되어 간다.

⑵ 문종

서기 1414년 10월 3일 寅시생

시	일	월	년
甲	癸	乙	甲
寅	酉	亥	午

36	26	16	6	대
己	戊	丁	丙	
卯	寅	丑	子	운

계수(癸水)일간이 월지인 해(亥)월에 출생했으며 월지 아래 지장간 중에 갑목(甲木)이 년간에 투간했으니 수목상관격(水木傷官格)으로 격을 잡는다.

용신을 잡는다면 식신상관(食神傷官)이 많으므로 신약 사주에 해당되니 일지(日支)에 놓인 유금(酉金)을 용신으로 잡으면 된다. 즉, 36 대운인 기묘(己卯)운은 희신인 토(土)가 목(木)에 놓여 있으므로 단명할 가능성이 많은 사주이다.

(3) 단종

서기 1441년 7월 23일 午시생

시	일	월	년
丙	丁	丙	辛
午	巳	申	酉

25	15	5	대
癸	甲	乙	
巳	午	未	운

이 사주를 보면 화기운(火氣雲)이 강하게 보일지 모르나 절대로 그렇지 않다는 것을 볼 수 있다. 왜냐하면 년간, 월간이 간합으로 수(水)기운으로 변모되고 월지, 일지가 합이 되어 수(水)로 변모되므로 강하게 볼 수 있다.

용신을 잡는 문제도 다음과 같이 작용을 한다.

일간 화(火)가 신(申)월에 출생하여 휴수기에 태어났기 때문에 용신은 화(火)가 되는 것이다. 년간의 신금(辛金)은 부친이 되고 월간

(月干) 병화(丙火)는 형에 해당된다. 그런데 이 둘의 합(合)으로 수(水)기운으로 바뀌어 용신을 극하는 기신으로 부친과 형을 조실(早失)하는 작용을 볼 수 있다. 또 일지, 월지가 합(合)이 되는 작용을 볼 때 처, 재물(財勿)을 소실하는 작용도 볼 수 있다.

(4) 폭군 연산군

서기 1476년 11월 7일 寅시생

시	일	월	년
壬	丁	己	丙
寅	卯	亥	申

37	27	17	7	대
癸	壬	辛	庚	
卯	寅	丑	子	운

정화 일간(丁火日干)이 해(亥)월에 태어났다.

화(火)가 수(水) 기운에 태어나면 휴수기에 태어났다고 볼 수 있어 신약하다고 볼 수 있으나 해인(亥寅) 합(合)이 들므로 관인 쌍귀격(官印雙貴格)에 해당된다. 그리고 월지 해(亥) 아래 지장간에 임(壬)

이 시간에 투간하여 시간과 일간이 간합하여 목(木)으로 변모하는 작용도 관인 상생격(官印相生格)으로 볼 수 있다. 그러므로 용신을 잡는다면 水가 용신이 된다. 그의 나이 27세부터 木기운이 강하게 흐르니 29세에 폐위되고 말았다.

사주를 관찰하는데 있어서 중요한 점이 또 한 가지가 있는데 일간과 년간이 비견, 겁재로 이루어져 있다면 출생과 동시에 자신의 운세가 가장 나쁠 때 큰 타격을 받는다는 것이다.

(5) 사도 세자

서기 1735년 1월 27일 子시생

시	일	월	년
甲	戊	戊	乙
子	戌	寅	卯

24	14	4	대
乙	丙	丁	
亥	子	丑	운

무토(戊土) 일간이 인(寅)월에 출생했고 월지 인(寅) 아래 지장간에

갑목(甲木)이 시간에 투간하니 편관격에 해당된다.

또 일주 무술(戊戌)이 괴강살이니 괴강격이라고도 한다.

조후, 강약법으로 보아도 용신을 잡는다면 화(火)가 용신인데, 화(火)기운이 보이지 않으니 참으로 안타까운 실정이다.

이 사주는 관살이 왕성하니 관살을 중계하는 화(火)가 있으면 대길 사주로 바뀌게 된다.

24세 대운인 을해(乙亥)운 중 그의 나이 28세 임오(壬午)년에 그는 죽음을 면치 못하게 된다. 그 이유는 다음과 같다.

인오술(寅午戌) 화(火)국에다 인해(寅亥)가 합(合)하여 좋을 것 같으나 시지 자수(時支子水)와 오화(午火)가 상충하여 삼합화기(三合火氣)을 소멸시키고 대운이 해수(亥水)로 용신인 화(火)를 극(克)하니 그의 운명은 여기서 마치게 되는 것이다.

(6—1) 고종 황제

서기 1852년 7월 25일 未시생

시	일	월	년
己	癸	己	壬
未	酉	酉	子

79	69	59	49	39	29	19	9	대
丁	丙	乙	甲	癸	壬	辛	庚	
巳	辰	卯	寅	丑	子	亥	戌	운

계수(癸水)일간이 유(酉)월에 출생했으니 편인격(偏印格)이며 기토(己土)가 있으니 시상편관격(時上偏官格)에 해당된다.

금수(金水)가 왕성하니 용신을 잡는다면 관살인 토(土)로 용신을 잡고 화(火)는 희신이 된다.

이 사주 또한 일간과 년간이 같은 비견, 겁재로 구성되어 있어 출생과 더불어 운세가 하향될 것이다. 49세 대운부터는 식신, 상관(食神, 傷官)이 되는데 수(水)기운이 강하므로 과히 나쁘지는 않다.

만약의 경우 초년, 중년에 아버지인 대원군이 정사를 돌보지 않았으면 어떠한 일이 초래될 지는 의문이다.

고종 32년 을미(乙未)년이고 대운은 계축(癸丑)대운에 황후 민비가 왜적무리에게 시해를 당하는데 그 이유를 살펴본다면 이러하다. 이 사주에 재성(財星)이 나타나지 않으며 비겁이 왕성하고 축미(丑未) 상충으로 처에 해당하는 정화(丁火)가 소실된 이유이며 대운이 수(水)운으로 처인 화(火)와는 상극되는 원리이기도 하다.

(6—2) 명성왕후

서기 1851년 9월 25일 午시생

시	일	월	년
戊	戊	戊	辛
午	申	戌	亥

37	27	17	7	대
壬	辛	庚	己	
寅	丑	子	亥	운

무토(戊土)일간이 술(戌)월에 태어났으며 월지 아래 지장간에 신금(辛金)이 투간한 결과 토금상관격(土金傷官格)에 해당된다.

따라서 용신을 잡는다면 금(金)이 용신, 토(土)가 희신이 되는 경우이다. 대체로 토금상관격(土金傷官格)인 사람의 경우 두뇌가 총명하고 영리하다.

배우자 자리인 일지(日支)가 용신과 희신이면 남편덕이 있다고 볼 수 있다. 즉, 다시 말해 남편의 위치가 귀부(貴夫)를 맞게 된다는 것이다. 반대로 남자도 마찬가지로 생각하면 된다.

37세 대운인 임인(壬寅) 대운에는 인오술(寅午戌) 화(火)국을 이루니 기신의 작용이 크며 인신(寅申) 상충(相沖)으로 기신이 좌충우돌하는 형상이며 용신인 금(金)이 화(火)극을 받는 형상이 더해 생명에 위협을 느낄 것이다.

명성왕후 나이 44세인 을미(乙未)년에 왜적무리에게 시해를 당하는 것으로 끝을 맺게 된다.

▣ 역대 대통령의 사주와 그외 정치인들

(1 — 1) 이승만

서기 1875년 3월 26일 寅시생

시	일	월	년
甲	癸	庚	乙
寅	亥	辰	亥

70	60	50	40	30	20	10	대
癸	甲	乙	丙	丁	戊	己	
酉	戌	亥	子	丑	寅	卯	운

계수(癸水) 일간이 진(辰)월에 출생했고 월지 아래 지장간에 년간(年干)이 투간했으니 수목상관격(水木傷官格)에 해당되는 격이다.

용신을 잡는다면 목(木)이 왕한 진(辰)월에 목(木)이 많이 있으니 계일간(癸日干)의 기세를 설하므로 목(木)을 극제하는 금(金)이 용신이다.

(1—2) 이기붕 전(前) 국회의장

서기 1896년 12월 20일 辰시생

시	일	월	년
庚	庚	辛	丙
辰	辰	丑	申

65	55	45	35	25	15	5	대
戊	丁	丙	乙	甲	癸	壬	
申	未	午	巳	辰	卯	寅	운

일주와 시주가 경진(庚辰)으로 구성되어 있기 때문에 괴강격이라고 한다. 괴강격에 특이한 점은 사주가 신왕해야만 길(吉)하지 신약하면 흉(凶)한 작용을 하게 된다.

용신을 잡는다면 조후 용신으로 잡아야 한다.

그 이유는 경일간(庚日干)이 추운 12월인 축(丑)월에 출생했기 때문에 년간에 있는 병화(丙火)로 용신을 잡으면 된다.

이 사주의 특이한 점은 본인과 본인의 자식이 어느 시기에 이루게 되면 죽음 내지는 깊은 상처를 당하게 된다는 것이다.

그 이유는 년간 병화(丙火)는 용신이자 자식에 해당되는데 월간인 신금(辛金)과 간합이 되어 수(水)로 변모하여 용신을 극(克)하게 하므로 본인과 자식에게 해로운 일이 작용된다.

대운은 64세까지는 유리하게 작용하다가 그의 나이 65세 되던 해인 경자(庚子)년에 온 가족이 자결하게 된다.

그 이유를 살펴본다면 지지(地支)가 신자진(申子辰) 수국(水局)으로 이루어져 용신인 화(火)를 극(克)하고 있다는 것이 큰 요인이라 하겠다.

(2) 장면

시	일	월	년
丁	戊	壬	己
巳	辰	申	亥

67	57	47	37	27	17	7	대
乙	丙	丁	戊	己	庚	辛	
丑	寅	卯	辰	巳	午	未	운

이 사주는 감정하기가 좀 어려운 사주에 속한다.

무토(戊土)일간이 신(申)월에 출생했다.

사주가 화토(火土)로 구성되어 신강할 것으로 보이나 절대 그렇지 않다. 왜냐하면 사신(巳申)합이 되어 수(水)가 되고 신진(申辰) 반수국(半水局)이 되니 오히려 신약 사주로 작용한다.

그렇다면 용신을 잡는다면 무엇이 될까?

바로 시주에 있는 정사(丁巳)가 된다. 용신을 도와주는 목(木)이 없으니 참으로 어려운 운을 타고 났다. 원래 식신격(食神格) 사주는 종교에 입문하는 사주로 보기도 한다.

(3) 윤보선

시	일	월	년
癸	壬	戊	丁
卯	寅	申	酉

92	82	72	62	52	42	32	22	12	2	대
戊	己	庚	辛	壬	癸	甲	乙	丙	丁	
戌	亥	子	丑	寅	卯	辰	巳	午	未	운

임수(壬水)일간이 신(申)월에 출생했으며 월지 아래 지장간에 월간 무토(無土)가 투간하니 편관격에 해당된다. 사주가 신강 사주라는 것

을 알 수 있는 것은 임수(壬水)일간이 신(申)월에 출생했다는 것으로 알 수 있다. 초년, 중년이 화, 토(火, 土)운으로 흐르니 길하다. 1960년 경자(庚子)년은 인수(印綬)운이 드니 길년(吉年)이므로 대통령에 당선하게 되나 용신의 해가 아니므로 자기 소신껏 대통력 직을 겸하지 못하게 된다. 앞으로의 대운 또한 비겁, 인수(比劫, 印綬)가 드니 과히 좋은 운을 타고났다고 볼 수 없다.

(4—1) 박정희

서기 1917년 9월 30일 寅시생

시	일	월	년
戊	庚	辛	丁
寅	申	亥	巳

63	53	43	33	23	13	3	대
甲	乙	丙	丁	戊	己	庚	
辰	巳	午	未	申	酉	戌	운

이 사주의 특이한 점부터 얘기해 보자.

사지(四支)를 보면 인신사해(寅申巳亥)가 놓여져 있다.

이와 같은 것을 명리서에 보면 사생격(四生格)이라고 한다. 즉, 제왕 사주라고 할 수 있다. 사생격(四生格)사주의 특징을 보면 건국, 개국이 전제된 혁명적 시기의 대통령을 지낼 수 있는 사주라고 볼 수 있다.

경금(庚金)일간이 해(亥)월에 출생했다.

휴수기에 출생했으므로 신약하다고 볼 수 있으나 꼭 그렇지만은 않다. 사지(四支)지장간에 모두 무토(戊土)가 암장되어 일간 경금(庚金)을 도우니 사주가 융화가 되어 신약하다고 볼 수가 없다. 용신을 잡는다면 화(火)로 잡을 수 있고 희신은 수(水)로 잡을 수 있다. 그 이유는 일간 경금(庚金)을 화(火)로 약화시키고 수(水)로 설기시키는 작용을 하기 때문이다.

42세부터 용신운인 병화(丙火)가 들어오고 44세에 5·16을 주도하는 인물로 부각된다.

63세 기미(己未)년 갑술(甲戌)월 병인(丙寅)일 무술(戊戌)시에 김재규에 의해 서거되는데 그 이유를 살펴보자.

62세부터 대운의 흐름은 약화되고 있다.

63세 년운은 그다지 문제가 아니나 월, 일, 시가 문제가 된다.

용신인 화(火)와 원진관계로 이루어지니 자기 부하 내지 외부인에게 살해당할 우려가 있다고 볼 수 있다.

(4—2) 육영수

서기 1925년 11월 29일 申시생

시	일	월	년
戊	壬	己	乙
申	寅	丑	丑

48	38	28	18	8	대
甲	癸	壬	辛	庚	
午	巳	辰	卯	寅	운

우선 이 사주를 보면 신약하게 보인다.

임수(壬水)일간이 12월인 축(丑)월에 출생했으니 뜨거운 화(火)로 조후(調候)할 필요가 있다. 그래서 용신은 화(火)가 되는 것이다.

그런데 특이한 점이 발견된다. 여명(女命)에 관살(官殺)이 혼잡될 때 인화(引化)가 되지 않으면 일부종사(一夫從事)를 못하는 사주가 된다. 특히 배우자 자리인 일지가 상충된다면 더더욱 그러한 작용을 하게 된다. 그러나 이 사주는 배우자 궁에 용신과 희신이 암장되어 남편이 귀한 분으로서 오히려 반대 작용을 나타나게 된다. 그리고 이 사주가 운명(運命)을 달리하게 되는 이유를 살펴보자. 고(故) 육영수

여사가 운명을 달리한 이유는 이러하다.

1974년 갑인(甲寅)년이며 대운은 갑오(甲午)로 인오(寅午)가 반합화국(半合火局)을 이루고 있으니 길한 것 같지만 시지(時支) 인신(寅申)과 충을 이루니 용신과 희신이 소실되므로 본인 또는 부군(夫君)에게 큰 피해가 날 것이다. 헌데 갑기(甲己) 합(合)으로 토(土)로 화(火)함에 기토인 부군(夫君)은 무사하나 본인은 무사하지 못하게 된다.

⑸ 최규하

시	일	월	년
庚	己	辛	己
午	巳	未	未

63	53	43	33	23	13	3	대
甲	乙	丙	丁	戊	己	庚	
子	丑	寅	卯	辰	巳	午	운

기토(己土)일간이 미(未)월에 출생했고 사주가 비겁, 인성으로 구성되어 있으니 사주가 종(從)할 수 밖에 없다.

그렇다면 이 사주의 용신은 화, 토(火, 土)로 이루어져야 한다는 것이다. 인성(印星)이 나타나니 교육가 사주이기도 하다.

사주는 너무 덥고 건조하여 평화시기에는 좋은 결과가 나타나지만 정치 격변기에는 상당히 어려운 결과를 초래하기 때문에 운이 아무리 좋아도 국운에 맞게 태어나야만 좋은 사주로 평가된다.

(6 — 1) 전두환

시	일	월	년
戊	癸	辛	辛
午	酉	丑	未

82	72	62	52	42	32	22	12	2	대
壬	癸	甲	乙	丙	丁	戊	己	庚	
辰	巳	午	未	申	酉	戌	亥	子	운

계수(癸水)일간이 12월인 축(丑)월에 출생했다.

지지(地支)가 유축(酉丑) 반삼합국(半三合局)으로 이루어져 있으니 실로 강한 사주라고 말할 수 있다.

이 사주에 있어서 가장 필요로 한 용신은 과연 무엇일까? 그것은 시간(時干)에 있는 무토(戊土)로 용신을 잡아야 할 것이다. 그렇다면 시지(時支)에 있는 오화(午火)는 희신이 된다. 정관(正官)이 용신이므로 군, 경(軍, 警)관록을 먹을 사주이며 재성(財星)이 희신이기 때문에 처(妻) 덕이 있을 사주로 판명된다.

대운 또한 용신과 희신으로 흐르기 때문에 승승장구 할 사주이다. 사주 자체가 신강 사주이므로 내가 부모형제를 도와야 할 팔자이며 반대로 그들로 인해 고통이 따르는 사주이기도 하다.

(6—2) 이순자

시	일	월	년
己	庚	丁	己
卯	申	卯	卯

76	66	56	46	36	26	16	6	대
乙	甲	癸	壬	辛	庚	己	戊	
亥	戌	酉	申	未	午	巳	辰	운

경금(庚金)일간이 2월인 묘(卯)월에 출생했다. 묘목(卯木)이 3개가 있고 월간에 정화(丁火)가 있어 신약 사주로 본다.

용신을 찾는다면 무엇이 될까?

사주가 신약하므로 비겁(比劫), 인성(印星)으로 용신을 잡아야 하는데 시간과 월간에 있는 기토(己土)는 지지(地支)에 절지(節支) 앉아 있으므로 용신을 잡을 수가 없다. 그래서 일지(日支)에 있는 신금(申金)으로 용신을 잡아야 하는 것이다. 지장간에 암장된 재성(財星)이 일간과 간합이 들어 재물을 모으려고 노력만 한다면 모을 수 있는 사주이며 배우자 궁에 용신이 들기 때문에 남편이 귀하신 분이 될 것이다. 대운 또한 흐름이 평탄하니 대길 운세라고 할 수 있다.

(6—3) 전경환

시	일	월	년
壬	丁	丙	己
寅	未	子	卯

70	60	50	40	30	20	10	대
己	庚	辛	壬	癸	甲	乙	
巳	午	未	申	酉	戌	亥	운

정화(丁火)일간이 11월인 자(子)월에 출생했다. 이 사주는 감정하

기가 상당히 어렵다고 말할 수 있다. 왜냐 하면 일간과 시간이 간합이 되어 정임(丁壬) 목(木)으로 만들어지면 세력이 강해지고 있지 않을까 하는 우려가 있다. 명리서에 보면 이런 글귀가 있다.

「정임합목(丁壬合木)이 되어 사주에 수목(水木)이 많으면 이를 정임합목화격(丁壬合木化格)이라는데 목(木)운이 제일 좋고 수(水)운도 용신을 도우니 길하다고 하겠다. 그래서 용신을 따진다면 목화(木火)가 용신이다.」

20대 초반까지는 대운이 용신으로 흐르지 않고 20대 후반이나 되야 용신으로 진행 될 수 있으며 그 나머지는 한해 한해 년운을 잘 만나야 좋은 운으로 발전될 수 있다.

(7) 노태우

시	일	월	년
丁	庚	戊	壬
丑	戌	申	申

98	88	78	68	58	48	38	28	18	8	대
戊	丁	丙	乙	甲	癸	壬	辛	庚	己	
午	巳	辰	卯	寅	丑	子	亥	戌	酉	운

경금(庚金)일간이 7월인 신(申)월에 출생했으며 월지 아래 지장간에 년간 임수(壬水)가 투간한 결과 식신격(食神格)으로 볼 수가 있으며 일주가 괴강살이기 때문에 괴강격이기도 하다.

그렇다면 용신을 잡는다면 비겁, 인성이 많은 것으로 보아서 정관(正官)인 시간의 정화(丁火)를 용신으로 잡아야 하나 이 정화(丁火)는 쓸모없는 용신이고 년간에 있는 임수(壬水)로 용신을 잡아야 한다. 그 이유는 정화(丁火)는 생기(生氣)를 받지 못하나 임수(壬水)는 생기를 받고 있으므로 용신을 잡을 수 있다.

(8 — 1) 김영삼

시	일	월	년
甲	己	乙	戊
戌	未	丑	辰

77	67	57	47	37	27	17	7	대
癸	壬	辛	庚	己	戊	丁	丙	
酉	申	未	午	巳	辰	卯	寅	운

이 사주는 특색이 강한 사주이다.

무슨 특색이 있는가 하면 사주 전체가 토(土)로 구성되어 있다. 이런 것을 명리서에 보면 가색격(稼穡格)이라고 정리되어 있다. 용신을 따지자면 토(土)가 용신이고 화(火)는 희신이 되는 것이다. 이 사주의 불리한 점은 바로 태어난 달인 축(丑)월아다. 일간 토(土)가 추운 겨울에 태어났기 때문에 얼어붙은 흙이 아닌가 하는 것이다. 이 문제는 여러분들이 대운을 대조하며 연구하기 바란다. 여기서 중요한 것은 사고(四庫)라는 것이 있다는 사실이다.

(8—2) 김대중

시	일	월	년
乙	乙	乙	癸
酉	酉	丑	亥

61	51	41	31	21	11	1	대
戊	己	庚	辛	壬	癸	甲	
午	未	申	酉	戌	亥	子	운

을목(乙木)일간이 12월인 축(丑)월에 출생했다.

이 사주는 특색이 있는 사주이다.

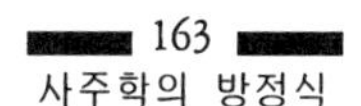

천간은 을목(乙木)으로 구성되어 있고 지지는 사유축(巳酉丑)으로 금(金)국으로 이루어져 있다는 것이다. 즉, 이런 사주는 종살격(從殺格)이라고 하는데 용신은 강한 금기(金氣)를 따라서 금(金)이 되고 토(土)는 희신이 된다.

세 개의 을목(乙木)이 모두 지지(地支)에 뿌리박지 못하고 있으니 형제간에 우애가 없고 월간 기토(己土)는 부친, 처에 해당되는데, 즉 이럴 때에도 부친, 처의 덕이 없다고 볼 수 있으며 처의 경우는 두 번 결혼할 수 있는 팔자이기도 하다.

▣ 연예인 사주

(1) 신성일

시	일	월	년
壬 午	乙 未	乙 巳	丁 丑

을목(乙木)일주가 4월인 사(巳)월에 출생했다.

지지(地支)가 사오미방합국(巳午未方合局)으로 이루어져 식신, 상관(食神, 傷官)을 형성하고 있다. 식신, 상관이 합(合)이 드니 연예계로 진출하면 대단한 인기인이 될 것이 분명하다. 단, 정치인이나 관록과는 거리가 먼 사주이기 때문에 예전 국회의원 선거에서 낙선한 것이 바로 이런 이유가 아니겠는가 하는 것이다.

(2) 정윤희

시	일	월	년
丙 戌	庚 申	庚 午	甲 午

도화살이 많으면 지지(地支)가 오술(午戌) 반삼합국(半三合局)을 형성하여 화(火)국을 형성하는 화(火)는 관살(官殺)을 의미하니 사주 관살(官殺)을 많이 형성하고 관살이 나와 형, 충, 합(刑, 沖, 合)으로 이루어지며 도화살이 중중하니 뭇남성과 연예하는 사주로 이런 사주가 연예인이 되면 끼를 발산시켜 좋은 연기자로 남게 될 것이다.

⑶ 이남이

시	일	월	년
丁	癸	庚	戊
巳	巳	申	子

계수(癸水)일간이 7월인 신(申)월에 출생했으며 월지 신(申) 아래 지장간에 월간 경금(庚金)이 투간했으니 정인격(正印格)사주이다.

사주에 월지와 년지가 지합이 들어 신자(申子) 반수국(半水局)이 되니 수(水)기가 왕성하다.

용신을 잡는다면 토, 금(土, 金)으로 잡아야 하고 41세 대운부터 운세가 풀리기 시작하니 재물(財勿)을 거두어 들일 사주이다.

(4) 최진실

시	일	월	년
癸	戊	甲	戊
丑	辰	子	申

66	56	46	36	26	16	6	대
丁	戊	己	庚	辛	壬	癸	
巳	午	未	申	酉	戌	亥	운

무토(戊土)일간이 11월인 자(子)월에 출생했다.

월지 아래 지장간 시간에 계수(癸水)가 투간하니 정재격(正財格) 사주이기도 하다. 사주가 다소 신약한 것이 흠이기는 하나 일간과 시간이 간합(干合)하여 화(火)를 만드니 그나마 다행이다.

합(合)이 많으니 친분관계가 두텁고 시지(時支)에 천을귀인(天乙貴人)이 있으니 얼마나 길한 사주가 아니겠는가.

대운의 흐름은 그다지 좋은 것은 아니나 년운이 좋을 때가 많으니 그나마 다행이기도 하다.

(5) 이선희

시	일	월	년
庚	丁	丙	甲
戌	酉	子	辰

63	53	43	33	23	13	3	대
己	庚	辛	壬	癸	甲	乙	
巳	午	未	申	酉	戌	亥	운

정화(丁火)일간이 11월인 자(子)월에 출생했고 사주가 신약하다.

월지와 년지가 지합하여 자진(子辰) 반수국(半水局)을 이루어 년간 갑목(年干甲木)을 생하고 그 다음 월간을 생(生)한 후 일간을 도우니 연예인보다는 관록을 먹는 사주로 더 길하다.

나중 일이지만 대권에도 도전을 해볼 만한 사주이기도 하다.

▣ 그외 유명인 사주

(1) 미국의 대 재벌 포드

시	일	월	년
己	庚	己	癸
卯	寅	未	亥

64	54	44	34	24	14	4	대
壬	癸	甲	乙	丙	丁	戊	
子	丑	寅	卯	辰	巳	午	운

경금(庚金)일간이 6월인 미(未)월에 출생했으며 월지 아래 지장간에 월간, 시간에 기토(己土)가 투간했으니 식상생재격(食傷生財格)으로 볼 수 있다.

경금(庚金)일간이 화(火)기가 있는 미(未)월에 출생한데다 기토(己土)가 보이니 신왕(身旺)하게 보일지 모르나 미(未)월은 일간 금(金)을 생(生)하기 어려운 상태이다. 다행히 년주(年柱)에 있는 계해(癸亥)가 건재하다.

용신을 잡으면 수(水)가 용신이고 금(金)이 희신이다.

지지(地支)가 해묘미목국(亥卯未木局)을 이루니 재(財)가 사주 전체로 묶여져 있으므로 부(富)를 누릴 수 있는 사주가 된다. 이런 사주를 재다 신약(財多身弱)으로 보면 잘못본 게 되는 것이다.

재(財)가 일간 경금(日干庚金)을 살인 상생(殺印相生)한다는 것을 명심하고 삼합(三合)이 드는 사주는 잘 관찰해 볼 필요가 있다.

(2) 미하일 고르바쵸프

시	일	월	년
辛	丙	庚	辛
卯	辰	寅	未

69	59	49	39	29	19	9	대
癸	甲	乙	丙	丁	戊	己	
未	申	酉	戌	亥	子	丑	운

병화(丙火)일간이 1월인 인(寅)월에 출생했으니 편인격(偏印格) 사주가 된다.

일간(日干) 병화(丙火)가 한기(寒氣)가 남아 있는 인(寅)월에 생(生)하였지만 인중(寅中)지장간에 병화(丙火)가 투간하여 생기(生氣)

하고 지지(地支)가 인묘진 방합(寅卯辰方合) 목(木) 국을 이루고 있어 신왕 사주로 평가 된다.

용신을 잡게 되면 다음과 같이 잡을 수 있다.

인수(印綬)가 왕(旺)하면 재성(財星)을 용신으로 삼아야 되는데 그렇게 되면 금(金)이 용신이고 토(土)가 희신이 된다.

(3) 이등박문

시	일	월	년
癸	癸	戊	辛
丑	丑	戌	丑

64	54	44	34	24	14	4	대
辛	壬	癸	甲	乙	丙	丁	
卯	辰	巳	午	未	申	酉	운

계수(癸水)일간이 9월인 술(戌)월에 출생했으며 월지 아래 지장간에 월간 무토(戊土)가 투간했으니 전관격이 된다.

실질적으로 관살(官殺)이 많으니 신약할 듯 보이나 지지(地支) 지장간(支藏干) 아래 일간 계수(癸水)를 생기(生氣)하는 신금(辛金)이 있어 좋은 사주로 평가 된다.

용신을 잡는다면 금(金)이 용신이고 토(土)가 희신이 된다.

관살(官殺)인 축(丑) 아래 신금(辛金)이 있어 생기(生氣)를 받기 때문에 관록을 지내도 크게 지낼 사주이다.

(4) 김일성

시	일	월	년
庚	丁	乙	壬
子	未	巳	子

82	72	62	52	42	32	22	12	2	대
甲	癸	壬	辛	庚	己	戊	丁	丙	
寅	丑	子	亥	戌	酉	申	未	午	운

정화(丁火)일간이 4월인 사(巳)월에 출생했으며 월지 아래 지장간에 시간(時干) 경금(庚金)이 투간하니 정재격(正財格) 사주이기도 하다.

사주가 신왕(身旺)하므로 용신을 잡는다면 수(水)로 용신을 삼고 금(金)은 희신이 된다. 그의 나이 70이 넘으면서부터 운이 하락되니 운명은 좌지우지 할 것이다. 갑술(甲戌)년 희신과 상충(相沖)되고 월지와 원진관계로 이루어지니 봉변이 두렵다고 하겠다.

쉽게 푼 역학(개정판)

쉽게 배워 적용할 수 있는 생활역학서 !

이 책에서는 좀더 많은 사람들이 역학의 근본인 우주의 오묘한 진리와 법칙을 깨달아 보다 나은 삶을 영위하는데 도움이 될 수 있도록 가장 쉬운 언어와 가장 쉬운 방법으로 풀이했다. 역학계의 대가 김봉준 선생의 역작이다.

신비한 동양철학 71 | 백우 김봉준 저 | 568면 | 30,000원 | 신국판

사주명리학 핵심

맥을 잡아야 모든 것이 보인다

이 책은 잡다한 설명을 배제하고 명리학자에게 도움이 될 비법들만을 모아 엮었기 때문에 초심자가 이해하기에는 다소 어려운 부분도 있겠지만 기초를 튼튼히 한 다음 정독한다면 충분히 이해할 것이다. 신살만 늘어놓으며 감정하는 사이비가 되지말기를 바란다.

신비한 동양철학 19 | 도관 박흥식 저 | 502면 | 20,000원 | 신국판

물상활용비법

물상을 활용하여 오행의 흐름을 파악한다

이 책은 물상을 통하여 오행의 흐름을 파악하고 운명을 감정하는 방법을 연구한 책이다. 추명학의 해법을 연구하고 운명을 추리하여 오행에서 분류되는 물질의 운명 줄거리를 물상의 기물로 나들이 하는 활용법을 주제로 했다. 팔자풀이 및 운명해설에 관한 명리감정법의 체계를 세우는데 목적을 두고 초점을 맞추었다.

신비한 동양철학 31 | 해주 이학성 저 | 446면 | 34,000원 | 신국판

신수대전

흉함을 피하고 길함을 부르는 방법

신수는 대부분 주역과 사주추명학에 근거한다. 수많은 학설 중 몇 가지를 보면 사주명리, 자미두수, 관상, 점성학, 구성학, 육효, 토정비결, 매화역수, 대정수, 초씨역림, 황극책수, 하락리수, 범위수, 월영도, 현무발서, 철판신수, 육임신과, 기문둔갑, 태을신수 등이다. 역학에 정통한 고사가 아니면 추단하기 어려우므로 누구나 신수를 볼 수 있도록 몇 가지를 정리했다.

신비한 동양철학 62 | 도관 박흥식 편저 | 528면 | 36,000원 | 신국판 양장

정법사주

운명판단의 첩경을 이루는 책

이 책은 사주추명학을 연구하고자 하는 분들에게 심오한 주역의 이해를 돕고자 하는 의도에서 시작되었다. 음양오행의 상생상극에서부터 육친법과 신살법을 기초로 하여 격국과 용신 그리고 유년판단법을 활용하여 운명판단에 첩경이 될 수 있도록 했고 추리응용과 운명감정의 실례를 하나하나 들어가면서 독학과 강의용 겸용으로 엮었다.

신비한 동양철학 49 | 원각 김구현 저 | 424면 | 26,000원 | 신국판 양장

내가 보고 내가 바꾸는 DIY사주

내가 보고 내가 바꾸는 사주비결

기존의 책들과는 달리 한 사람의 사주를 체계적으로 도표화시켜 한 눈에 파악할 수 있고, DIY라는 책 제목에서 말하듯이 개운하는 방법을 제시한다. 초심자는 물론 전문가도 자신의 이론을 새롭게 재조명해 볼 수 있는 케이스 스터디 북이다.

신비한 동양철학 39 | 석오 전광 저 | 338면 | 16,000원 | 신국판

인터뷰 사주학

쉽고 재미있는 인터뷰 사주학

얼마전만 해도 사주학을 취급하면 미신을 다루는 부류로 취급되었다. 그러나 지금은 하루가 다르게 이 학문을 공부하는 사람들이 폭증하고 있는 것으로 보인다. 젊은 층에서 사주카페니 사주방이니 사주동아리니 하는 것들이 만들어지고 그 모임이 활발하게 움직이고 있다는 점이 그것을 증명해준다. 그뿐 아니라 대학원에는 역학교수들이 점차로 증가하고 있다.

신비한 동양철학 70 | 글갈 정대엽 편저 | 426면 | 16,000원 | 신국판

술술 읽다보면 통달하는 사주학

술술 읽다보면 나도 어느새 도사

당신은 당신 마음대로 모든 일이 이루어지던가. 지금까지 누구의 명령을 받지 않고 내 맘대로 살아왔다고, 운명 따위는 믿지 않는다고, 운명에 매달리지 않는다고 말하는 사람들이 많다. 그러나 우주법칙을 모르기 때문에 하는 소리다.

신비한 동양철학 28 | 조철현 저 | 368면 | 16,000원 | 신국판

사주학

5대 원서의 핵심과 실용

이 책은 사주학을 체계적으로 공부하려는 학도들을 위해서 꼭 알아두어야 할 내용들과 용어들을 수록하는데 중점을 두었다. 이 학문을 공부하려고 많은 사람들이 필자를 찾아왔을 깨 여러 가지 질문을 던져보면 거의 기초지식이 시원치 않음을 보았다. 따라서 용어를 포함한 제반지식을 골고루 습득해야 빠른 시일 내에 소기의 목적을 달성할 수 있을 것이다.

신비한 동양철학 66 | 글갈 정대엽 저 | 778면 | 46,000원 | 신국판 양장

명인재

신기한 사주판단 비법

이 책은 오행보다는 주로 살을 이용하는 비법을 담았다. 시중에 나온 책들을 보면 살에 대해 설명은 많이 하면서도 실제 응용에서는 무시하고 있다. 이것은 살을 알면서도 응용할 줄 모르기 때문이다. 그러나 이 책에서는 살의 활용방법을 완전히 터득해, 어떤 살과 어떤 살이 합하면 어떻게 작용하는지를 자세하게 설명하였다.

신비한 동양철학 43 | 원공선사 저 | 332면 | 19,000원 | 신국판 양장

명리학 | 재미있는 우리사주

사주 세우는 방법부터 용어해설 까지!!

몇 년 전 『사주에 모든 길이 있다』가 나온 후 선배 제현들께서 알찬 내용의 책다운 책을 접했다는 찬사를 받았다. 그러나 사주의 작성법을 설명하지 않아 독자들에게 많은 질타를 받고 뒤늦게 이 책 을 출판하기로 결심했다. 이 책은 한글만 알면 누구나 역학과 가까워질 수 있도록 사주 세우는 방법부터 실제간명, 용어해설에 이르기까지 분야별로 엮었다.

신비한 동양철학 74 | 정담 선사 편저 | 368면 | 19,000원 | 신국판

사주비기

역학으로 보는 역대 대통령들이 나오는 이치!!

이 책에서는 고서의 이론을 근간으로 하여 근대의 사주들을 임상하여, 적중도에 의구심이 가는 이론들은 과감하게 탈피하고 통용될 수 있는 이론만을 수용했다. 따라서 기존 역학서의 아쉬운 부분들을 충족시키며 일반인도 열정만 있으면 누구나 자신의 운명을 감정하고 피흉취길할 수 있는 생활지침서로 활용할 수 있을 것이다.

신비한 동양철학 79 | 청월 박상의 편저 | 456면 | 19,000원 | 신국판

사주학의 활용법

가장 실질적인 역학서

우리가 생소한 지방을 여행할 때 제대로 된 지도가 있다면 편리하고 큰 도움이 되듯이 역학이란 이와같은 인생의 길잡이다. 예측불허의 인생을 살아가는데 올바른 안내자나 그 무엇이 있다면 그 이상 마음 든든하고 큰 재산은 없을 것이다.

신비한 동양철학 17 | 학선 류래웅 저 | 358면 | 15,000원 | 신국판

명리실무

명리학의 총 정리서

명리학(命理學)은 오랜 세월 많은 철인(哲人)들에 의하여 전승 발전되어 왔고, 지금도 수많은 사람이 임상과 연구에 임하고 있으며, 몇몇 대학에 학과도 개설되어 체계적인 교육을 하고 있다. 그러나 아직도 실무에서 활용할 수 있는 책이 부족한 상황이기 때문에 나름대로 현장에서 필요한 이론들을 정리해 보았다. 초학자는 물론 역학계에 종사하는 사람들에게 큰 도움이 될 것이라고 믿는다.

신비한 동양철학 94 | 박흥식 편저 | 920면 | 39,000원 | 신국판

사주 속으로

역학서의 고전들로 입증하며 쉽고 자세하게 푼 책

십 년 동안 역학계에 종사하면서 나름대로는 실전과 이론에서 최선을 다했다고 자부한다. 역학원의 비좁은 공간에서도 항상 후학을 생각하는 마음으로 역학에 대한 배움의 장을 마련하고자 노력한 것도 사실이다. 이 책을 역학으로 이름을 알리고 역학으로 생활하면서 조금이나마 역학계에 이바지할 것이 없을까라는 고민의 산물이라 생각해주기 바란다.

신비한 동양철학 95 | 김상회 편저 | 429면 | 15,000원 | 신국판

사주학의 방정식

알기 쉽게 풀어놓은 가장 실질적인 역서

이 책은 종전의 어려웠던 사주풀이의 응용과 한문을 쉬운 방법으로 터득하는데 목적을 두었고, 역학이 무엇인가를 알리고자 하는데 있다. 세인들은 역학자를 남의 운명이나 풀이하는 점쟁이로 알지만 잘못된 생각이다. 역학은 우주의 근본이며 기의 학문이기 때문에 역학을 이해하지 못하고서는 우리 인생살이 또한 정확하게 해석할 수 없는 고차원의 학문이다.

신비한 동양철학 18 | 김용오 저 | 192면 | 8,000원 | 신국판

오행상극설과 진화론

인간과 인생을 떠난 천리란 있을 수 없다

과학이 현대를 설정하여 설명하고 있으나 원리는 동양철학에도 있기에 그 양면을 밝히고자 노력했다. 우주에서 일어나는 모든 일을 과학으로 설명될 수는 없다. 비과학적이라고 하기보다는 과학이 따라오지 못한다고 설명하는 것이 더 솔직하고 옳은 표현일 것이다. 특히 과학분야에 종사하는 신의사가 저술했다는데 더 큰 화제가 되고 있다.

신비한 동양철학 5 | 김태진 저 | 222면 | 15,000원 | 신국판

스스로 공부하게 하는 방법과 천부적 적성

내 아이를 성공시키고 싶은 부모들에게

자녀를 성공시키고 싶은 마음은 누구나 같겠지만 가난한 집 아이가 좋은 성적을 내기는 매우 어렵고, 원하는 학교에 들어가기도 어렵다. 그러나 실망하기에는 아직 이르다. 내 아이가 훌륭하게 성장해 아름답고 멋진 삶을 살아가는 방법을 소개한다.

신비한 동양철학 85 | 청암 박재현 지음 | 176면 | 14,000원 | 신국판

진짜부적 가짜부적

부적의 실체와 정확한 제작방법

인쇄부적에서 가짜부적에 이르기까지 많게는 몇백만원에 팔리고 있다는 보도를 종종 듣는다. 그러나 부적은 정확한 제작방법에 따라 자신의 용도에 맞게 스스로 만들어 사용하면 훨씬 더 좋은 효과를 얻을 수 있다. 이 책은 중국에서 정통부적을 연구한 국내유일의 동양오술학자가 밝힌 부적의 실체와 정확한 제작방법을 소개하고 있다.

신비한 동양철학 7 | 오상익 저 | 322면 | 20,000원 | 신국판

수명비결

주민등록번호 13자로 숙명의 정체를 밝힌다

우리는 지금 무수히 많은 숫자의 거미줄에 매달려 허우적거리며 살아가고 있다. 1분 ·1초가 생사를 가름하고, 1등·2등이 인생을 좌우하며, 1급·2급이 신분을 구분하는 세상이다. 이 책은 수명리학으로 13자의 주민등록번호로 명예, 재산, 건강, 수명, 애정, 자녀운 등을 미리 읽어본다.

신비한 동양철학 14 | 장충한 저 | 308면 | 15,000원 | 신국판

진짜궁합 가짜궁합

남녀궁합의 새로운 충격

중국에서 연구한 국내유일의 동양오술학자가 우리나라 역술가들의 궁합법이 잘못되었다는 것을 학술적으로 분석·비평하고, 전적과 사례연구를 통하여 궁합의 실체와 타당성을 분석했다. 합리적인 「자미두수궁합법」과 「남녀궁합」 및 출생시간을 몰라 궁합을 못보는 사람들을 위하여 「지문으로 보는 궁합법」 등을 공개하고 있다.

신비한 동양철학 8 | 오상익 저 | 414면 | 15,000원 | 신국판

비법 작명기술

복과 성공을 함께 하려면

이 책은 성명의 발음오행이나 이름의 획수를 근간으로 하는 실제 이용이 가장 많은 기본 작명법을 서술하고, 주역의 괘상으로 풀어 길흉을 판단하는 역상법 5가지와 그 외 중요한 작명법 5가지를 합하여 「보배로운 10가지 이름 짓는 방법」을 실었다. 특히 작명비법인 선후천역상법은 성명의 원획에 의존하는 작명법과 달리 정획과 곡획을 사용해 주역 상수학을 대표하는 하락이수를 쓰고, 육효가 들어가 응험률을 높였다.

신비한 동양철학 96 | 임삼업 편저 | 370면 | 30,000원 | 사륙배판

올바른 작명법

소중한 이름, 알고 짓자!

세상 부모들에게 가장 소중한 것이 뭐냐고 물으면 자녀라고 할 것이다. 그런데 왜 평생을 좌우할 이름을 함부로 짓는가. 이름이 얼마나 소중한지, 이름의 오행작용이 일생을 어떻게 좌우하는지 모르기 때문이다.

신비한 동양철학 61 | 이정재 저 | 352면 | 19,000원 | 신국판

호(雅號)책

아호 짓는 방법과 역대 유명인사의 아호, 인명용 한자 수록

필자는 오래 전부터 작명연구에 열중했으나 대부분의 작명책에는 아호에 관해서는 전혀 언급하지 않고, 간혹 거론했어도 몇 줄 정도의 뜻풀이에 불과하거나 일반작명법에 준한다는 암시만 풍기며 끝을 맺었다. 따라서 필자가 참고한 문헌도 적었음을 인정한다. 아호에 관심이 있어도 자료를 구하지 못하는 현실에 착안하여 필자 나름대로 각고 끝에 본서를 펴냈다.

신비한 동양철학 97 | 임삼업 편저 | 390면 | 20,000원 | 신국판

관상오행

한국인의 특성에 맞는 관상법

좋은 관상인 것 같으나 실제로는 나쁘거나 좋은 관상이 아닌데도 잘 사는 사람이 왕왕있어 관상법 연구에 흥미를 잃는 경우가 있다. 이것은 중국의 관상법만을 익히고 우리의 독특한 환경적인 특징을 소홀히 다루었기 때문이다. 이에 우리 한국인에게 알맞는 관상법을 연구하여 누구나 관상을 쉽게 알아보고 해석할 수 있도록 자세하게 풀어놓았다.

신비한 동양철학 20 | 송파 정상기 저 | 284면 | 12,000원 | 신국판

정본 관상과 손금

바로 알고 사람을 사귑시다

이 책은 관상과 손금은 인생을 행복하게 만든다는 관점에서 다루었다. 그야말로 관상과 손금의 혁명이라고 할 수 있다. 여러분도 관상과 손금을 통한 예지력으로 인생의 참주인이 되기 바란다. 용기를 불어넣어 주고 행복을 찾게 하는 것이 참다운 관상과 손금술이다. 이 책이 일상사에 고민하는 분들에게 해결방법을 제시해 줄 것이다.

신비한 동양철학 42 | 지창룡 감수 | 332면 | 16,000원 | 신국판

이런 사원이 좋습니다

사원선발 면접지침

사회가 다양해지면서 인력관리의 전문화와 인력수급이 기업주의 애로사항이 되었다. 필자는 그동안 많은 기업의 사원선발 면접시험에 참여했는데 기업주들이 모두 면접지침에 관한 책이 있으면 좋겠다는 것이다. 그래서 경험한 사례를 참작해 이 책을 내니 좋은 사원을 선발하는데 많은 도움이 될 것이라고 믿는다.

신비한 동양철학 90 | 정도명 지음 | 274면 | 19,000원 | 신국판

핵심 관상과 손금

사람을 볼 줄 아는 안목과 지혜를 알려주는 책

오늘과 내일을 예측할 수 없을만큼 복잡하게 펼쳐지는 현실에서 살아남기 위해서는 사람을 볼줄 아는 안목과 지혜가 필요하다. 시중에 관상학에 대한 책들이 많이 나와있지만 너무 형이상학적이라 전문가도 이해하기 어렵다. 이 책에서는 누구라도 쉽게 보고 이해할 수 있도록 핵심만을 파악해서 설명했다.

신비한 동양철학 54 | 백우 김봉준 저 | 188면 | 14,000원 | 사륙판 양장

완벽 사주와 관상

우리의 삶과 관계 있는 사실적 관계로만 설명한 책

이 책은 우리의 삶과 관계 있는 사실적 관계로만 역을 설명하고, 역에 대한 관심과 흥미를 갖게 하고자 관상학을 추록했다. 여기에 추록된 관상학은 시중에서 흔하게 볼 수 있는 상법이 아니라 생활상법, 즉 삶의 지식과 상식을 드리고자 했다.

신비한 동양철학 55 | 김봉준·유오준 공저 | 530면 | 36,000원 | 신국판 양장

사람을 보는 지혜

관상학의 초보에서 실용까지

현자는 하늘이 준 명을 알고 있기에 부귀에 연연하지 않는다. 사람은 마음을 다스리는 심명이 있다. 마음의 명은 자신만이 소통하는 유일한 우주의 무형의 에너지이기 때문에 잠시도 잊으면 안된다. 관상학은 사람의 상으로 이런 마음을 살피는 학문이니 잘 이해하여 보다 나은 삶을 삶을 영위할 수 있도록 노력해야 한다.

신비한 동양철학 73 | 이부길 편저 | 510면 | 20,000원 | 신국판

한눈에 보는 손금

논리정연하며 바로미터적인 지침서

이 책은 수상학의 연원을 초월해서 동서합일의 이론으로 집필했다. 그야말로 논리정연한 수상학을 정리하였다. 그래서 운명적, 철학적, 동양적, 심리학적인 면을 예증과 방편에 이르기까지 상세하게 기술했다. 이 책은 수상학이라기 보다 바로미터적인 지침서 역할을 해줄 것이다. 독자 여러분의 꾸준한 연구와 더불어 인생성공의 지침서가 될 수 있을 것이다.

신비한 동양철학 52 | 정도명 저 | 432면 | 24,000원 | 신국판 양장

이런 집에 살아야 잘 풀린다

운이 트이는 좋은 집 알아보는 비결

한마디로 운이 트이는 집을 갖고 싶은 것은 모두의 꿈일 것이다. 50평이니 60평이니 하며 평수에 구애받지 않고 가족이 평온하게 생활할 수 있고 나날이 발전할 수 있는 그런 집이 있다면 얼마나 좋을까? 그런 소망에 한 걸음이라도 가까워지려면 막연하게 운만 기대하고 있어서는 안 된다. 좋은 집을 가지려면 그만한 노력이 있어야 한다.

신비한 동양철학 64 | 강현술·박흥식 감수 | 270면 | 16,000원 | 신국판

점포, 이렇게 하면 부자됩니다

부자되는 점포, 보는 방법과 만드는 방법

사업의 성공과 실패는 어떤 사업장에서 어떤 품목으로 어떤 사람들과 거래하느냐에 따라 판가름난다. 그리고 사업을 성공시키려면 반드시 몇 가지 문제를 살펴야 하는데 무작정 사업을 시작하여 실패하는 사람들이 많다. 그래서 이 책에서는 이러한 문제와 방법들을 조목조목 기술하여 누구나 성공하도록 도움을 주는데 주력하였다.

신비한 동양철학 88 | 김도희 편저 | 177면 | 26,000원 | 신국판

쉽게 푼 풍수

현장에서 활용하는 풍수지리법

산도는 매우 광범위하고, 현장에서 알아보기 힘들다. 더구나 지금은 수목이 울창해 소조산 정상에 올라가도 나무에 가려 국세를 파악하는데 애를 먹는다. 따라서 사진을 첨부하니 많은 활용하기 바란다. 물론 결록에 있고 산도가 눈에 익은 것은 혈 사진과 함께 소개하였다. 이 책을 열심히 정독하면서 답산하면 혈을 알아보고 용산도 할 수 있을 것이다.

신비한 동양철학 60 | 전항수·주장관 편저 | 378면 | 26,000원 | 신국판

음택양택

현세의 운·내세의 운

이 책에서는 음양택명당의 조건이나 기타 여러 가지를 설명하여 산 자와 죽은 자의 행복한 집을 만들 수 있도록 했다. 특히 죽은 자의 집인 음택명당은 자리를 옳게 잡으면 꾸준히 생기를 발하여 흥하나, 그렇지 않으면 큰 피해를 당하니 돈보다도 행·불행의 근원인 음양택명당에 관심을 기울여야 한다.

신비한 동양철학 63 | 전항수·주장관 지음 | 392면 | 29,000원 | 신국판

용의 혈 | 풍수지리 실기 100선

실전에서 실감나게 적용하는 풍수의 길잡이

이 책은 풍수지리 문헌인 만두산법서, 명산론, 금랑경 등을 이해하기 쉽도록 주제별로 간추려 설명했으며, 풍수지리학을 쉽게 접근하여 공부하고, 실전에 활용하여 실감나게 적용할 수 있도록 하는데 역점을 두었다.

신비한 동양철학 30 | 호산 윤재우 저 | 534면 | 29,000원 | 신국판

현장 지리풍수

현장감을 살린 지리풍수법

풍수를 업으로 삼는 사람들이 진가를 분별할 줄 모르면서 많은 법을 알았다고 자부하며 뽐낸다. 그리고는 재물에 눈이 어두워 불길한 산을 길하다 하고, 선하지 못한 물)을 선하다 한다. 이는 분수 밖의 것을 바라기 때문이다. 마음가짐을 바로 하고 고대 원전에 공력을 바치면서 산간을 실사하며 적공을 쏟으면 정교롭고 세밀한 경지를 얻을 수 있을 것이다.

신비한 동양철학 48 | 전항수·주관장 편저 | 434면 | 36,000원 | 신국판 양장

찾기 쉬운 명당

실전에서 활용할 수 있는 책

가능하면 쉽게 풀어 실전에 도움이 되도록 했다. 특히 풍수지리에서 방향측정에 필수인 패철 사용과 나경 9층을 각 층별로 설명했다. 그리고 이 책에 수록된 도설, 즉 오성도, 명산도, 명당 형세도 내거수 명당도, 지각형세도, 용의 과협출맥도, 사대혈형 와겸유돌 형세도 등은 국립중앙도서관에 소장된 문헌자료인 만산도단, 만산영도, 이석당 은민산도의 원본을 참조했다.

신비한 동양철학 44 | 호산 윤재우 저 | 386면 | 19,000원 | 신국판 양장

해몽정본

꿈의 모든 것

시중에 꿈해몽에 관한 책은 많지만 막상 내가 꾼 꿈을 해몽을 하려고 하면 어디다 대입시켜야 할지 모르는 경우가 많았을 것이다. 그러나 최대한으로 많은 예를 들었고, 찾기 쉽고 명료하게 만들었기 때문에 해몽을 하는데 어려움이 없을 것이다. 한집에 한권씩 두고 보면서 나쁜 꿈은 예방하고 좋은 꿈을 좋은 일로 연결시킨다면 생활에 많은 도움이 될 것이다.

신비한 동양철학 36 | 청암 박재현 저 | 766면 | 19,000원 | 신국판

해몽 | 해몽법

해몽법을 알기 쉽게 설명한 책

인생은 꿈이 예지한 시간적 한계에서 점점 소멸되어 가는 현존물이기 때문에 반드시 꿈의 뜻을 따라야 한다. 이것은 꿈을 먹고 살아가는 인간 즉 태몽의 끝장면인 죽음을 향해 달려가고 있는 인간이기 때문이다. 꿈은 우리의 삶을 이끌어가는 이정표와도 같기에 똑바로 가도록 노력해야 한다.

신비한 동양철학 50 | 김종일 저 | 552면 | 26,000원 | 신국판 양장

명리용어와 시결음미

명리학의 어려운 용어와 숙어를 쉽게 풀이한 책

명리학을 연구하는 이들은 기초공부가 끝나면 자연스럽게 훌륭하다고 평가하는 고전의 이론을 접하게 된다. 그러나 시결과 용어와 숙어는 어려운 한자로만 되어 있어 대다수가 선뜻 탐독과 음미에 취미를 잃는다. 그래서 누구나 어려움 없이 쉽게 읽고 깊이 있게 음미할 수 있도록 원문에 한글로 발음을 달고 어려운 용어와 숙어에 해석을 달아 이 책을 내게 되었다.

신비한 동양철학 103 | 원각 김구현 편저 |300면 | 25,000원 | 신국판

완벽 만세력

착각하기 쉬운 서머타임 2도 인쇄

시중에 많은 종류의 만세력이 나와있지만 이 책은 단순한 만세력이 아니라 완벽한 만세경전으로 만세력 보는 법 등을 실었기 때문에 처음 대하는 사람이라도 쉽게 볼 수 있도록 편집되었다. 또한 부록편에는 사주명리학, 신살종합해설, 결혼과 이사택일 및 이사방향, 길흉보는 법, 우주천기와 한국의 역사 등을 수록했다.

신비한 동양철학 99 | 백우 김봉준 저 | 316면 | 20,000원 | 사륙배판

정본만세력

이 책은 완벽한 만세력으로 만세력 보는 방법을 자세하게 설명했다. 그리고 역학에 대한 기본적인 내용과 결혼하기 좋은 나이·좋은 날·좋은 시간, 아들·딸 태아감별법, 이사하기 좋은 날·좋은 방향 등을 부록으로 실었다.

신비한 동양철학 45 | 백우 김봉준 저 | 304면 | 사륙배판 26,000원, 신국판 16,000원, 사륙판 10,000원, 포켓판 9,000원

정본 | 완벽 만세력

착각하기 쉬운 서머타임 2도인쇄

시중에 많은 종류의 만세력이 있지만 이 책은 단순한 만세력이 아니라 완벽한 만세경전이다. 그리고 만세력 보는 법 등을 실었기 때문에 처음 대하는 사람이라도 쉽게 볼 수 있다. 또 부록편에는 사주명리학, 신살 종합해설, 결혼과 이사 택일, 이사 방향, 길흉보는 법, 우주의 천기와 우리나라 역사 등을 수록하였다.

신비한 동양철학 99 | 김봉준 편저 | 316면 | 20,000원 | 사륙배판

원심수기 통증예방 관리비법

쉽게 배워 적용할 수 있는 통증관리법

『원심수기 통증예방 관리비법』은 4차원의 건강관리법으로 질병이 악화되는 것을 예방하여 건강한 몸을 유지하는데 그 목적이 있다. 시중의 수기요법과 비슷하나 특장점은 힘이 들지 않아 어린아이부터 노인까지 누구나 시술할 수 있고, 배우고 적용하는 과정이 쉽고 간단하며, 시술 장소나 도구가 필요 없으니 언제 어디서나 시술할 수 있다.

신비한 동양철학 78 | 원공 선사 저 | 288면 | 16,000원 | 신국판

운명으로 본 나의 질병과 건강

타고난 건강상태와 질병에 대한 대비책

이 책은 국내 유일의 동양오술학자가 사주학과 정통명리학의 양대산맥을 이루는 자미두수 이론으로 임상실험을 거쳐 작성한 자료다. 따라서 명리학을 응용한 최초의 완벽한 의학서로 질병을 예방하고 치료하는데 활용하면 최고의 의사가 될 것이다. 또한 예방의학적인 차원에서 건강을 유지하는데 훌륭한 지침서로 현대의학의 새로운 장을 여는 계기가 될 것이다.

신비한 동양철학 9 | 오상익 저 | 474면 | 26,000원 | 신국판

서체자전

해서를 기본으로 전서, 예서, 행서, 초서를 연습할 수 있는 책

한자는 오랜 옛날부터 우리 생활과 뗄 수 없음에도 잘 몰라 불편을 겪는 사람들이 많아 이 책을 내게 되었다. 이 책에서는 해서를 기본으로 각 글자마다 전서, 예서, 행서, 초서 순으로 배열하여 독자가 필요한 것을 찾아 연습하기 쉽도록 하였다.

신비한 동양철학 98 | 편집부 편 | 273면 | 16,000원 | 사륙배판

택일민력(擇日民曆)

택일에 관한 모든 것

이 책은 택일에 대한 모든 것을 넣으려고 최선을 다하였다. 동양철학을 공부하여 상담하거나 종교인·무속인·일반인들이 원하는 부분을 쉽게 찾아 활용할 수 있도록 칠십이후, 절기에 따른 벼농사의 순서와 중요한 과정, 납음오행, 신살의 의미, 구성조견표, 결혼·이사·제사·장례·이장에 관한 사항 등을 폭넓게 수록하였다.

신비한 동양철학 100 | 최인영 편저 |80면 | 5,000원 | 사륙배판

모든 질병에서 해방을 1·2

건강실용서

우리나라는 아주 오랜 옛날부터 건강과 관련한 약재들이 산천에 널려 있었고, 우리 민족은 그 약재들을 슬기롭게 이용하며 나름대로 건강하게 살아왔다. 그러나 오늘날 현대의학에 밀려 외면당하며 사라지게 되었다. 이에 옛날부터 내려오는 의학서적인 『기사회생』과 『단방심편』을 바탕으로 민가에서 활용했던 민간요법들을 정리하고, 현대에 개발된 약재들이나 시술방법들을 정리했다.

신비한 동양철학 102 | 원공 선사 편저 |1권 448면·2권 416면 | 각 29,000원 | 신국판

주역육효 해설방법(상·하)

한 번만 읽으면 주역을 활용할 수 있는 책

이 책은 주역을 해설한 것으로, 될 수 있는 한 여러 가지 사설을 덧붙이지 않고, 주역을 공부하고 활용하는데 필요한 요건만을 기록했다. 따라서 주역의 근원이나 하도낙서, 음양오행에 대해서도 많은 설명을 자제했다. 다만 누구나 이 책을 한 번 읽어서 주역을 이해하고 활용할 수 있도록 하는데 중점을 두었다.

신비한 동양철학 38 | 원공선사 저 | 상 810면·하 798면 | 각 29,000원 | 신국판

쉽게 푼 주역

귀신도 탄복한다는 주역을 쉽고 재미있게 풀어놓은 책

주역이라는 말 한마디면 귀신도 기겁을 하고 놀라 자빠진다는데, 운수와 일진이 문제가 될까. 8×8=64괘라는 주역을 한 괘에 23개씩의 괘답으로 해설하여 1472괘의 신비한 해답을 수록했다. 당신이 당면한 문제라면 무엇이든 해결할 수 있는 열쇠가 이 한 권의 책 속에 있다.

신비한 동양철학 10 | 정도명 저 | 284면 | 16,000원 | 신국판

나침반 | 어디로 갈까요

주역의 기본원리를 통달할 수 있는 책

이 책에서는 기본괘와 변화와 기본괘가 어떤 괘로 변했을 경우 일어날 수 있는 내용들을 설명하여 주역의 변화에 대한 이해를 돕는데 주력하였다. 그러나 그런 내용을 구분할 수 있는 방법을 전부 다 설명할 수는 없기에 뒷장에 간단하게설명하였고, 다른 책들과 설명의 차이점도 기록하였으니 참작하여 본다면 조금이나마 도움이 될 것이다.

신비한 동양철학 67 | 원공선사 편저 | 800면 | 39,000원 | 신국판

완성 주역비결 | 주역 토정비결

반쪽으로 전해오는 토정비결을 완전하게 해설

지금 시중에 나와 있는 토정비결에 대한 책들은 옛날부터 내려오는 완전한 비결이 아니라 반쪽의 책이다. 그러나 반쪽이라고 말하는 사람은 없다. 그것은 주역의 원리를 모르기 때문이다. 그래서 늦은 감이 없지 않으나 앞으로 수많은 세월을 생각해서 완전한 해설판을 내놓기로 했다.

신비한 동양철학 92 | 원공선사 편저 | 396면 | 16,000원 | 신국판

육효대전

정확한 해설과 다양한 활용법

동양고전 중에서도 가장 대표적인 것이 주역이다. 주역은 옛사람들이 자연을 거울삼아 생활을 영위해 나가는 처세에 관한 지혜를 무한히 내포하고, 피흉추길하는 얼과 슬기가 함축된 점서인 동시에 수양·과학서요 철학·종교서라고 할 수 있다.

신비한 동양철학 37 | 도관 박흥식 편저 | 608면 | 26,000원 | 신국판

육효점 정론

육효학의 정수

이 책은 주역의 원전소개와 상수역법의 꽃으로 발전한 경방학을 같이 실어 독자들의 호기심을 충족시키는데 중점을 두었습니다. 주역의 원전으로 인화의 처세술을 터득하고, 어떤 사안의 답은 육효법을 탐독하여 찾으시기 바랍니다.

신비한 동양철학 80 | 효명 최인영 편역 | 396면 | 29,000원 | 신국판

육효학 총론

육효학의 핵심만을 정확하고 알기 쉽게 정리

육효는 갑자기 문제가 생겨 난감한 경우에 명쾌한 답을 찾을 수 있는 학문이다. 그러나 시중에 나와 있는 책들이 대부분 원서를 그대로 번역해 놓은 것이라 전문가인 필자가 보기에도 지루하며 어렵다는 느낌이 들었다. 그래서 보다 쉽게 공부할 수 있도록 이 책을 출간하게 되었다.

신비한 동양철학 89 | 김도희 편저 | 174쪽 | 26,000원 | 신국판

기문둔갑 비급대성

기문의 정수

기문둔갑은 천문지리·인사명리·법술병법 등에 영험한 술수로 예로부터 은밀하게 특권층에만 전승되었다. 그러나 아쉽게도 기문을 공부하려는 이들에게 도움이 될만한 책이 거의 없다. 필자는 이 점이 안타까워 천견박식함을 돌아보지 않고 감히 책을 내게 되었다. 한 권에 기문학을 다 표현할 수는 없지만 이 책을 사다리 삼아 저 높은 경지로 올라간다면 제갈공명과 같은 지혜를 발휘할 수 있을 것이다.

신비한 동양철학 86 | 도관 박흥식 편저 | 725면 | 39,000원 | 신국판

기문둔갑옥경

가장 권위있고 우수한 학문

우리나라의 기문역사는 장구하나 상세한 문헌은 전무한 상태라 이 책을 발간하였다. 기문둔갑은 천문지리는 물론 인사명리 등 제반사에 관한 길흉을 판단함에 있어서 가장 우수한 학문이며 병법과 법술방면으로도 특징과 장점이 있다. 초학자는 포국편을 열심히 익혀 설국을 자유자재로 할 수 있도록 하고, 개인의 이익보다는 보국안민에 일조하기 바란다.

신비한 동양철학 32 | 도관 박흥식 저 | 674면 | 39,000원 | 사륙배판

오늘의 토정비결

일년 신수와 죽느냐 사느냐를 알려주는 예언서

역산비결은 일년신수를 보는 역학서이다. 당년의 신수만 본다는 것은 토정비결과 비슷하나 토정비결은 토정 선생께서 사람들에게 용기와 희망을 주기 위함이 목적이어서 다소 허황되고 과장된 부분이 많다. 그러나 역산비결은 재미로 보는 신수가 아니라, 죽느냐 사느냐를 알려주는 예언서이이니 재미로 보는 토정비결과는 차원이 다르다.

신비한 동양철학 72 | 역산 김찬동 편저 | 304면 | 16,000원 | 신국판

國運 | 나라의 운세

역으로 풀어본 우리나라의 운명과 방향

아무리 서구사상의 파고가 높다하기로 오천 년을 한결같이 가꾸며 살아온 백두의 혼이 와르르 무너지는 지경에 왔어도 누구하나 입을 열어 말하는 사람이 없으니 답답하다. 불확실한 내일에 대한 해답을 이 책은 명쾌하게 제시하고 있다.

신비한 동양철학 22 | 백우 김봉준 저 | 290면 | 9,000원 | 신국판

남사고의 마지막 예언

이 책으로 격암유록에 대한 논란이 끝나기 바란다

감히 이 책을 21세기의 성경이라고 말한다. 〈격암유록〉은 섭리가 우리민족에게 준 위대한 복음서이며, 선물이며, 꿈이며, 인류의 희망이다. 이 책에서는 〈격암유록〉이 전하고자 하는 바를 주제별로 정리하여 문답식으로 풀어갔다. 이 책으로 〈격암유록〉에 대한 논란은 끝나기 바란다.

신비한 동양철학 29 | 석정 박순용 저 | 276면 | 16,000원 | 신국판

원토정비결

반쪽으로만 전해오는 토정비결의 완전한 해설판

지금 시중에 나와 있는 토정비결에 대한 책들을 보면 옛날부터 내려오는 완전한 비결이 아니라 반면의 책이다. 그러나 반면이라고 말하는 사람이 없다. 그것은 주역의 원리를 모르기 때문이다. 따라서 늦은 감이 없지 않으나 앞으로의 수많은 세월을 생각하면서 완전한 해설본을 내놓았다.

신비한 동양철학 53 | 원공선사 저 | 396면 | 24,000원 | 신국판 양장

나의 천운 | 운세찾기

몽골정통 토정비결

이 책은 역학계의 대가 김봉준 선생이 몽공토정비결을 우리의 인습과 체질에 맞게 엮은 것이다. 운의 흐름을 알리고자 호운과 쇠운을 강조하고, 현재의 나를 조명하고 판단할 수 있도록 했다. 모쪼록 생활서나 안내서로 활용하기 바란다.

신비한 동양철학 12 | 백우 김봉준 저 | 308면 | 11,000원 | 신국판

역점 | 우리나라 전통 행운찾기

쉽게 쓴 64괘 역점 보는 법

주역이 점치는 책에만 불과했다면 벌써 그 존재가 없어졌을 것이다. 그러나 오랫동안 많은 학자가 연구를 계속해왔고, 그 속에서 자연과학과 형이상학적인 우주론과 인생론을 밝혀, 정치·경제·사회 등 여러 방면에서 인간의 생활에 응용해왔고, 삶의 지침서로써 그 역할을 했다. 이 책은 한 번만 읽으면 누구나 역점가가 될 수 있으니 생활에 도움이 되길 바란다.

신비한 동양철학 57 | 문명상 편저 | 382면 | 26,000원 | 신국판 양장

이렇게 하면 좋은 운이 온다

한 가정에 한 권씩 놓아두고 볼만한 책

좋은 운을 부르는 방법은 방위·색상·수리·년운·월운·날짜·시간·궁합·이름·직업·물건·보석·맛·과일·기운·마을·가축·성격 등을 정확하게 파악하여 자신에게 길한 것은 취하고 흉한 것은 피하면 된다. 이 책의 저자는 신학대학을 졸업하고 역학계에 입문했다는 특별한 이력을 갖고 있기 때문에 더 많은 화제가 되고 있다.

신비한 동양철학 27 | 역산 김찬동 저 | 434면 | 16,000원 | 신국판

운을 잡으세요 | 改運秘法

염력강화로 삶의 문제를 해결한다!

행복과 불행은 누가 주는 것이 아니라 자기 자신이 만든다고 할 수 있다. 한 마디로 말해 의지의 힘, 즉 염력이 운명을 바꾸는 것이다. 이 책에서는 이러한 염력을 강화시켜 삶에서 일어나는 문제를 해결하는 방법을 알려준다. 누구나 가벼운 마음으로 읽고 실천한다면 반드시 목적을 이룰 수 있을 것이다.

신비한 동양철학 76 | 역산 김찬동 편저 | 272면 | 10,000원 | 신국판

복을 부르는방법

나쁜 운을 좋은 운으로 바꾸는 비결

개운하는 방법은 여러 가지가 있으나, 이 책의 비법은 축원문을 독송하는 것이다. 독송이란 소리내 읽는다는 뜻이다. 사람의 말에는 기운이 있는데, 이 기운은 자신에게 돌아온다. 좋은 말을 하면 좋은 기운이 돌아오고, 나쁜 말을 하면 나쁜 기운이 돌아온다. 이 책은 누구나 어디서나 쉽게 비용을 들이지 않고 좋은 운을 부를 수 있는 방법을 실었다.

신비한 동양철학 69 | 역산 김찬동 편저 | 194면 | 11,000원 | 신국판

천직 | 사주팔자로 찾은 나의 직업

천직을 찾으면 역경없이 탄탄하게 성공할 수 있다

잘 되겠지 하는 막연한 생각으로 의욕만 갖고 도전하는 것과 나에게 맞는 직종은 무엇이고 때는 언제인가를 알고 도전하는 것은 근본적으로 다르고, 결과도 다르다. 만일 의욕만으로 팔자에도 없는 사업을 시작했다고 하자, 결과는 불을 보듯 뻔하다. 그러므로 이런 때일수록 침착과 냉정을 찾아 내 그릇부터 알고, 생활에 대처하는 지혜로움을 발휘해야 한다.

신비한 동양철학 34 | 백우 김봉준 저 | 376면 | 19,000원 | 신국판

운세십진법 | 本大路

운명을 알고 대처하는 것은 현대인의 지혜다

타고난 운명은 분명히 있다. 그러니 자신의 운명을 알고 대처한다면 비록 운명을 바꿀 수는 없지만 향상시킬 수 있다. 이것이 사주학을 알아야 하는 이유다. 이 책에서는 자신이 타고난 숙명과 앞으로 펼쳐질 운명행로를 찾을 수 있도록 운명의 기초를 초연하게 설명하고 있다.

신비한 동양철학 1 | 백우 김봉준 저 | 364면 | 16,000원 | 신국판

성명학 | 바로 이 이름

사주의 운기와 조화를 고려한 이름짓기

사람은 누구나 타고난 운명이 있다. 숙명인 사주팔자는 선천운이고, 성명은 후천운이 되는 것으로 이름을 지을 때는 타고난 운기와의 조화를 고려해야 한다. 따라서 역학에 대한 깊은 이해가 선행함은 지극히 당연하다. 부연하면 작명의 근본은 타고난 사주에 운기를 종합적으로 분석하여 부족한 점을 보강하고 결점을 개선한다는 큰 뜻이 있다고 할 수 있다.

신비한 동양철학 75 | 정담 선사 편저 | 488면 | 24,000원 | 신국판

작명 백과사전

36가지 이름짓는 방법과 선후천 역상법 수록

이름은 나를 대표하는 생명체이므로 몸은 세상을 떠날지라도 영원히 남는다. 성명운의 유도력은 후천적으로 가공 인수되는 후존적 수기로써 조성 운화되는 작용력이 있다. 선천수기의 운기력이 50%이면 후천수기도의 운기력도50%이다. 이와 같이 성명운의 작용은 운로에 불가결한조건일 뿐 아니라, 선천명운의 범위에서 기능을 충분히 할 수 있다.

신비한 동양철학 81 | 임삼업 편저 | 송충석 감수 | 730면 | 36,000원 | 사륙배판

작명해명

누구나 쉽게 활용할 수 있는 체계적인 작명법

일반적인 성명학으로는 알 수 없는 한자이름, 한글이름, 영문이름, 예명, 회사명, 상호, 상품명 등의 작명방법을 여러 사례를 들어 체계적으로 분석하여 누구나 쉽게 배워서 활용할 수 있도록 서술했다.

신비한 동양철학 26 | 도관 박흥식 저 | 518면 | 19,000원 | 신국판

역산성명학

이름은 제2의 자신이다

이름에는 각각 고유의 뜻과 기운이 있어 그 기운이 성격을 만들고 그 성격이 운명을 만든다. 나쁜 이름은 부르면 부를수록 불행을 부르고 좋은 이름은 부르면 부를수록 행복을 부른다. 만일 이름이 거지같다면 아무리 운세를 잘 만나도 밥을 좀더 많이 얻어 먹을 수 있을 뿐이다. 저자는 신학대학을 졸업하고 역학계에 입문한 특별한 이력으로 많은 화제가 된다.

신비한 동양철학 25 | 역산 김찬동 저 | 456면 | 26,000원 | 신국판

작명정론

이름으로 보는 역대 대통령이 나오는 이치

사주팔자가 네 기둥으로 세워진 집이라면 이름은 그 집을 대표하는 문패라고 할 수 있다. 따라서 이름을 지을 때는 사주의 격에 맞추어야 한다. 사주 그릇이 작은 사람이 원대한 뜻의 이름을 쓰면 감당하지 못할 시련을 자초하게 되고 오히려 이름값을 못할 수 있다. 즉 분수에 맞는 이름으로 작명해야 하기 때문에 사주의 올바른 분석이 필요하다.

신비한 동양철학 77 | 청월 박상의 편저 | 430면 | 19,000원 | 신국판

음파메세지 (氣)성명학

새로운 시대에 맞는 새로운 성명학

지금까지의 모든 성명학은 모순의 극치를 이룬다. 그러나 이제 새 시대에 맞는 음파메세지(氣) 성명학이 나왔으니 복을 계속 부르는 이름을 지어 사랑하는 자녀가 행복하고 아름다운 삶을 살아갈 수 있도록 하는데 도움이 되었으면 한다.

신비한 동양철학 51 | 청암 박재현 저 | 626면 | 39,000원 | 신국판 양장

아호연구

여러 가지 작호법과 실제 예 모음

필자는 오래 전부터 작명을 연구했다. 그러나 시중에 나와 있는 책에는 대부분 아호에 관해서는 전혀 언급하지 않았다. 그래서 아호에 관심이 있어도 자료를 구하지 못하는 분들을 위해 이 책을 내게 되었다. 아호를 짓는 것은 그리 대단하거나 복잡하지 않으니 이 책을 처음부터 끝까지 착실히 공부한다면 누구나 좋은 아호를 지어 쓸 수 있을 것이라고 생각한다.

신비한 동양철학 87 | 임삼업 편저 | 308면 | 26,000원 | 신국판

한글이미지 성명학

이름감정서

이 책은 본인의 이름은 물론 사랑하는 가족 그리고 가까운 친척이나 친구들의 이름까지도 좋은지 나쁜지 알아볼 수 있도록 지금까지 나와 있는 모든 성명학을 토대로 하여 썼다. 감언이설이나 협박성 감명에 흔들리지 않고 확실한 이름풀이를 볼 수 있을 것이다. 그리고 아름답고 멋진 삶을 살아갈 수 있는 이름을 짓는 방법도 상세하게 제시하였다.

신비한 동양철학 93 | 청암 박재현 지음 | 287면 | 10,000원 | 신국판

참역학은 이렇게 쉬운 것이다② – 완결편

역학을 활용하는 방법을 정리한 책

『참역학은 이렇게 쉬운 것이다』에서 미처 쓰지 못한 사주를 활용하는 방법을 정리한다는 의미에서 다시 이 책을 내게 되었다. 전문가든 비전문가든 이 책이 사주라는 학문을 이해하는 데 도움이 되고, 사주에 있는 가장 좋은 길을 찾아 행복하게 살았으면 합니다. 특히 사주상담을 업으로 하는 분들도 참고해서 상담자들이 행복하게 살도록 도와주었으면 한다.

신비한 동양철학 104 | 청암 박재현 편저 | 330면 | 23,000원 | 신국판

인명용 한자사전

한권으로 작명까지 OK

이 책은 인명용 한자의 사전적 쓰임이 본분이지만 그것에 국한하지 않고 작명법들을 그것도 일반적으로 통용되는 기본적인 것 외에 주역을 통한 것 등 7가지를 간추려 놓아 여러 권의 작명책을 군살없이 대신했기에 이 한권의 사용만으로 작명에 관한 모든 것을 충족하고도 남을 것이다. 5,000자가 넘는 인명용 한자를 실었지만 음(音)으로 한 줄에 수십 자, 획수로도 여러 자를 넣어 가능한 부피를 줄이려고 노력하였다. 그리고 작명하는데 한자에 관해서는 다양하게 활용할 수 있도록 하였고, 일반적인 한자자전의 용도까지 충분히 겸비하도록 하였다.

신비한 동양철학 105 | 임삼업 편저 | 336면 | 24,000원 | 신국판

바로 내 사주

행복한 인생을 만들어 갈 수 있는 방법을 소개하는 책

역학이란 본래 어려운 학문이다. 수십 년을 공부해도 터득하기 어려운 학문이라 많은 사람이 중간에 포기하는 일이 많다. 기존의 당사주 책도 수백 년 동안 그 명맥을 유지해왔으나 적중률이 매우 낮아 일반인들에게 신뢰를 많이 받지 못했다. 그래서 지금까지 30여 년 동안 공부하며 터득한 비법을 토대로 이 책을 내게 되었다. 물론 어느 역학책도 백 퍼센트 정확하다고 장담할 수는 없다. 이 책도 백 퍼센트 적중률을 목표로 했으나 적어도 80% 이상은 적중할 것이라고 자부한다.

신비한 동양철학 106 | 김찬동 편저 | 242면 | 20,000원 | 신국판

주역타로64

인간사 주역괘 풀이

타로카드는 서양 상류사회의 생활상을 담은 그림으로 되어 있다. 그 속에는 자연과 인간이 겪을 수 있는 경험과 역사가 압축되어 있다. 이러한 타로카드를 점(占) 목적으로 사용하는 것인데, 주역타로64점은 주역의 64괘를 64매의 타로카드에 담아 점 도구로 사용한다. 64괘는 우주의 모든 형상과 형태의 끊임없는 변화의 원리로 나타난 것이다. 그리고 주역타로는 일반 타로의 공통적인 스토리와는 다른 점이 많으나 그 기본 이론은 같다. 주역타로의 추상적이며 미진한 정보에 더해 인간사에 대한 주역괘풀이를 보탰으니 주역타로64를 점 도구로 활용하는 데 도움이 되었으면 한다.

신비한 동양철학 107 | 임삼업 편저 | 387면 | 39,000원 | 사륙배판

주역 평생운 비록

상수역의 하락이수를 활용한 비결

하락이수의 평생운, 대상운, 유년운, 월운은 주역의 표상인 괘효의 숫자로 기록했고, 그 해석 설명은 원문에 50,000여 한자 사언시구로 구성되어 간혹 어려운 글자, 흔히 쓰지 않는 낯선 글자, 주역의 괘효사를 인용한 것도 있어 한문 문장의 해석은 녹녹치 않은 것이어서 원문 한자 부분은 제외시키고 한글 해석만을 수록했다.

신비한 동양철학 109 | 경의제 임삼업 편저 | 사륙배판

명리정종 정설(근간)

명리정종의 완결판

이 책의 원서인 명리정종(命理正宗)은 중국 명대의 신봉(神峰) 장남(張楠) 선생이 저술한 명리서(命理書)다. 명리학(命理學)의 5대 원서는 어느 것 하나 귀하지 않은 것이 없지만 명리정종(命理正宗)은 연해자평(淵海子平)을 깊이 분석하며 비판한 것이 특징이다. 따라서 초학자는 연해자평(淵海子平)을 공부한 후 이 책을 공부하는 것이 좋다.

신비한 동양철학 108 | 역산 김찬동 편역 | 신국판

저자 **김용오**

문수역학연구원 원장

전화 (02)432-1404

사주학의 방정식

1판 1쇄 발행일 | 1996년 4월 25일
1판 6쇄 발행일 | 2015년 10월 16일

발행처 | 삼한출판사
발행인 | 김충호
지은이 | 김용오

신고년월일 | 1975년 10월 18일
신고번호 | 제305-1975-000001호

411-776 경기도 고양시 일산서구 고양대로 724-17호
(304동 2001호)

대표전화 (031) 921-0441
팩시밀리 (031) 925-2647

ISBN 978-89-7460-041-9 03800

책값은 뒤표지에 있습니다.